Jean-Patrick Manchette

Ô dingos, ô châteaux !

Folle à tuer

Gallimard

Jean-Patrick Manchette, né en 1942, a enseigné le français en Angleterre, s'est exercé au jazz, s'est lancé dans la traduction et a écrit des romans à partir de films ou de téléfilms. Lecteur fervent et lucide de la Série Noire, il lui envoie, en 1971, un livre écrit en collaboration avec Jean-Pierre Bastid : *Laissez bronzer les cadavres.*

Et c'est le début d'une carrière de rénovateur. Non pas imitateur doué des écrivains américains, il s'inspire cependant de leur vision de la violence, avec ses aspects politiques, et pratique une écriture à la fois sèche, rythmée et musicale.

Il est également chroniqueur de cinéma, critique de romans policiers, pratiquant de la B.D., auteur de nombreux scénarios de films, ainsi que d'une pièce inspirée par le rock, *Cache ta joie,* jouée par la Comédie de Saint-Étienne.

Parmi ses ouvrages les plus connus : *L'affaire N'Gustro* (1971), *Laissez bronzer les cadavres* avec Jean-Pierre Bastid (1971), *Ô dingos, ô châteaux !* (1972), *Nada* (1972), *L'homme au boulet rouge* avec B.J. Sussman (1972), *Morgue pleine* (1973), *Que d'os !* (1976), *Le petit bleu de la côte Ouest* (1976), *Fatale* (1977), *La position du tireur couché* (1981).

Ont été adaptés à l'écran, entre autres : *Ô dingos, ô châteaux !* (sous le titre *Folle à tuer*) par Yves Boisset, *Nada* par Claude Chabrol, *Le petit bleu de la côte Ouest* (sous le titre *Trois hommes à abattre*) par Jacques Deray, *La position du tireur couché* (sous le titre *Le choc*) par Robin Davis.

ZERO

L'homme que Thompson devait tuer, un pédéraste coupable d'avoir séduit le fils d'un industriel, entra dans sa chambre. Refermant sa porte derrière lui, il eut le temps de sursauter à la vue de Thompson debout contre le mur à côté des gonds. Puis Thompson lui plongea dans le cœur une lame de scie rigide montée sur une grosse poignée cylindrique et pourvue d'une garde circulaire en tôle. Tandis que la garde empêchait les jets de sang, Thompson agita vigoureusement la poignée cylindrique et le cœur de l'homosexuel se trouva coupé en deux ou plusieurs morceaux. La victime ouvrit la bouche et eut un seul spasme. Sa croupe heurta le battant et elle tomba morte en avant. Thompson fit un pas de côté. Le cadavre lui laissa sur la main une trace de rouge à lèvres. Thompson s'essuya avec dégoût. Depuis une demi-heure, ses crampes d'estomac étaient devenues presque intolérables. Il quitta la chambre. Personne ne l'avait vu entrer, personne ne le vit sortir. Il était deux heures du matin. Thompson avait un rendez-vous à Paris à onze heures. Il se dirigea à pied vers la gare de Perrache. Les crampes le pliaient en deux. Le tueur décida de lâcher le métier. Bientôt. C'était chaque fois pire. Il n'avait rien pu absorber depuis une dizaine d'heures. A présent qu'il avait tué, la faim le tenaillait d'une manière dégoûtante. Il pénétra enfin dans le buffet de la gare. Il commanda une choucroute et la dévora. Il se sentit mieux. Il commanda une deuxième choucroute et la dégusta. Son ventre était apaisé. Son esprit également : Thompson venait de gagner une aimable somme d'argent. Il était trois heures. Le tueur paya, rejoignit sa Rover grise devant un parcmètre, prit la direction de l'autoroute A 6.

Plus tard, il s'arrêta dans un parking entre Lyon et Paris et fit un somme jusqu'à l'aube.

A onze heures du matin, il fut exact à son rendez-vous. Le nouveau client avait mis des lunettes noires et Thompson sourit de cette puérilité. Assis dans un box, les deux hommes burent de la bière écossaise. Le nouveau client posa une photo retournée sur la table.

— Ce sera un peu compliqué, dit-il. Il faudrait que ça ait l'air... Je vous expliquerai. Qu'est-ce qui vous arrive ? Ça ne va pas ?

Thompson se massa l'estomac.

— Ça va, ça va, affirma-t-il.

Il retourna la photo. Elle était en couleurs. Elle représentait en buste un enfant roux à la mine maussade.

— Est-ce que ça vous ennuie ?

— Pas du tout, dit Thompson.

C'était son estomac qui l'ennuyait. C'était reparti. Il recommençait à souffrir.

UN

C'était une Lincoln Continental noire. Les glaces latérales teintées interdisaient de distinguer ses occupants. Elle avait une certaine difficulté à prendre les virages serrés de la petite route. Alentour, la forêt. Une multitude de hêtres, un matelas de feuilles mortes et pourrissantes, qui débordait sur la route.

Une allée se présenta sur la droite, au milieu d'une trouée de cinquante mètres de large. De part et d'autre de l'allée, le large bas-côté herbeux était jalonné de bornes blanches que reliait une chaîne décorative. Pour virer dans l'allée, la Lincoln dut tout d'abord contrebraquer jusqu'à occuper la moitié gauche de la chaussée ; puis elle tourna et fila sur le revêtement blanc granuleux. Des silex et de la poussière giclaient à l'intérieur des garde-boue.

L'allée menait droit à un manoir Louis XIII. Tours rondes aux angles. Une tour avait les pieds dans l'eau et des nénuphars flottaient sous ses fenêtres. La Lincoln avait ralenti. Le manoir se rapprochait.

Il était entouré d'une vaste surface herbeuse. Ici et là, des sentiers s'enfonçaient dans le bois. On remarquait des promeneurs, par groupes, vêtus de blouses longues, roses, bleues, vert pistache. La grosse voiture dépassa un jeune homme voûté, les cheveux longs, des lunettes, qui avait déboutonné sa blouse bleue pour uriner sur une taupinière. Il s'était agenouillé pour une plus grande précision du jet. Il dirigeait méticuleusement son pipi dans l'orifice creusé par la taupe. Il avait l'air sérieux et malveillant. Il ne fit nullement attention à l'impressionnante automobile.

La Lincoln dépassa d'autres personnages étranges. Les hommes étaient en bleu, les femmes en rose. Les personnes en blouse vert pistache — hommes et femmes — avaient l'air efficaces. C'étaient manifestement des cadres.

La voiture acheva de parcourir l'allée et stoppa sur un terre-plein, devant le château, à proximité de l'escalier central, bref, double et blanc. Après avoir coupé le contact, le chauffeur descendit. C'était un homme d'environ trente-cinq ans, courtaud, le corps et le visage ronds, de petites jambes, en livrée de drap bleu, chemise blanche, cravate rouge, casquette. Il enleva sa casquette et ses cheveux apparurent. Ils semblaient taillés au bol. L'homme ouvrit la portière arrière. Un individu de son âge mit pied à terre. Il portait un pantalon à pattes d'éléphant et une saharienne en panne de velours argent. Ses cheveux courts, roux clair, presque filasse, étaient très fins. Son visage long, intelligent, mobile, hautain, rappelait Franchot Tone à ceux qui savent qui c'est. Sa peau rose était couverte d'une profusion de taches de rousseur qui ne contrastaient guère avec son teint. Ses yeux étaient vert d'eau. Il av[illegible] l'air d'un mutant dans un feuilleton télévisé.

Des graviers atterrirent en crépitant sur l'arrière de la Lincoln. Le chauffeur et le rousseau se tournèrent vers le lanceur, un quadragénaire mal rasé, en blouse bleue. Une fille vert pistache se hâta d'intervenir.

— Vous lancez des graviers sur la voiture, Guillaume ?

— Hon.

— Pourquoi faites-vous ça ? Pour l'esquinter ?

Le quadragénaire haussa les épaules, tourna les talons et s'éloigna d'un air furieux. La fille vert pistache, affable, s'adressa aux arrivants.

— Messieurs ?

— Hartog, dit le rousseau. Je suis attendu.

— C'est pour une entrée ?

— C'est pour une sortie. Est-ce que j'ai l'air fou ?

La fille rit.

— Pas plus qu'un autre. Ne prononcez pas ce mot ici, vous choqueriez.

— J'aime choquer.

— Vous feriez du mal aux pensionnaires.

— Je ne suis pas sûr de désirer ne pas leur faire du mal.

— Quoi donc ? fit la fille en se penchant, déroutée par la syntaxe de la phrase.

— Assez causé, dit le rousseau. On m'attend. Du moins, on doit m'attendre. Je viens chercher une personne.

— Prenez l'escalier, dit la fille soudain fonctionnelle. Entrez. Il y a une permanence dans le hall. Voulez-vous m'excuser ?

— Une seconde.

Le rousseau examina l'arrière de la Lincoln. Il se redressa.

— Il n'y a pas de dégâts. Pourquoi ne les empêchez-vous pas de lancer des pierres ?

— Autodiscipline. Vous ne pouvez pas comprendre.

— Pauvre conne.

La fille rougit et sourit.

— Ce sera tout, ajouta le rousseau. Allez-vous en.

La fille s'en alla, rouge. Elle cessa de sourire.

— Restez dans la voiture, dit le rousseau au chauffeur. Empêchez-les de jeter des cailloux. Cognez au besoin.

Le chauffeur s'assit en travers de son siège, laissant dépasser ses jambes à l'extérieur, tandis que son patron montait l'escalier blanc et pénétrait dans le manoir. Il faisait frais dans le hall. Le rousseau frissonna. Le sol était dallé de marbre. Il y avait des fausses portes en glace tout le long du hall. Un homme brun, de type latin, était assis derrière une table d'acajou et lisait *Charlie-Hebdo*.

— Michel Hartog, lui dit le rousseau. Je suis attendu. Rendez-vous avec le docteur Rosenfeld.

— En effet. Je vous conduis.

L'homme brun se leva, laissa son journal sur la table et précéda Hartog. Il ouvrit une porte en glace et longea un couloir étroit et capitonné. Il sonna à une porte rembourrée de cuir blanc.

— Entrez, dit un interphone.

Le type brun ouvrit la porte.

— M. Hartog, annonça-t-il.

Il s'effaça pour laisser entrer le rousseau, referma la porte et s'en alla.

Le docteur Rosenfeld vint au-devant de Hartog, la main tendue. Ils étaient à peu près de la même taille. Rosenfeld avait un début de calvitie, une expression enjouée, une cravate écossaise et pas de veston.

— Je suis content de vous voir, dit-il.

— La fille est prête ?

— Mlle Ballanger se prépare. Elle va être là dans une minute. Je fais tout de suite prévenir.

Il retourna derrière son bureau et manipula un interphone. Ici, on était dans la tour d'angle qui donnait sur le plan d'eau. Un parfum humide entrait par la fenêtre ouverte. Hartog s'approcha de la croisée, regarda au-dehors.

— M. Hartog est là, disait Rosenfeld. Si Mlle Ballanger pouvait venir tout de suite avec sa valise...

L'interphone fredonna. Rosenfeld hocha la tête et coupa la communication. Il se renversa en arrière dans son fauteuil et contempla Hartog qui regardait l'eau d'un air bougon. Le médecin fouilla dans ses tiroirs, en tira une pipe à tuyau droit et du tabac Jean Bart, bourra sa pipe. Un demi-sourire flottait sur ses lèvres. Hartog se retourna brusquement vers lui.

— Je vais vous faire un chèque.

Le médecin haussa les sourcils.

— Un don, insista le rousseau. Un don pour l'institution.

— Oui, si vous voulez. Ce n'est pas nécessaire.

— Ce que vous faites est intéressant.

— L'antipsychiatrie, vous voulez dire ?

— Je ne sais pas, dit Hartog. Garder les fous.

Rosenfeld grimaça, faillit parler, changea d'avis, alluma sa pipe. Hartog s'appuyait sur le coin du bureau pour remplir un chèque de dix mille francs. Quand il eut fini, il le tendit au médecin.

— C'est beaucoup, dit Rosenfeld.

— Ce n'est rien pour moi, dit Hartog.

DEUX

Dans la salle des fêtes du manoir, un public de patients était assis sur des bancs. Profitant de l'inattention des soignants, ils se repassaient un litre de Kiravi dans lequel ils buvaient avec une paille. Sur l'estrade, une douzaine de personnes s'agitaient, chantaient et jouaient de la musique. Il y avait une batterie, un piano droit, un cornet à pistons et un saxophone ténor.

— Ah ! La troublante volupté de la première étreinte ! criait le chœur.

Plusieurs spectateurs applaudissaient sans arrêt.

Dans la chambre de Julie, on entendait le son lointain du concert, mais on ne distinguait pas les paroles.

La pièce était à peu près cubique, avec des murs vert pâle, un lit blanc, une table, une chaise, un store, et la reproduction d'un tableau de Van Gogh représentant du blé. Julie était debout près de ses bagages, une valise en carton et un sac de skaï. C'était une jeune fille mince et grande, aux joues creuses, aux cheveux abondants et très noirs. Elle avait un teint de porcelaine et des lèvres vivement colorées. Elle était belle, mais d'aspect choquant. On aurait pu la prendre pour un travesti. Son tailleur de tweed était trop chaud pour la saison. Ses grandes mains brunes dépassaient de ses manches comme des bottes de haricots qui sèchent.

Une infirmière au visage bienveillant et chevalin entra.

— Il est là, annonça-t-elle.

— Déjà ?

— Quoi, vous n'êtes pas contente ?

— Je suis angoissée.

— Allons, mon petit. N'y a pas à s'en faire. Il a une réputation de bonté.

— Ouais, dit Julie.

L'infirmière saisit la valise et sortit. Julie prit le sac et la suivit. Les deux femmes passèrent par l'extérieur pour rejoindre la tour d'angle. Il faisait beau. C'était le printemps. Devant la façade du manoir, Julie regarda la Lincoln. Le chauffeur lisait *l'Equipe*. Il avait mis des verres teintés. Il rendit son regard à Julie.

Les deux femmes entrèrent dans la tour par une petite porte. Quelques mètres de couloir, puis le capitonnage de cuir blanc, le bouton de sonnette, l'interphone.

— Entrez, entrez.

Une fois dans le bureau, Julie observa le rousseau en s'étonnant de sa jeunesse et de son costume de minet. Rosenfeld s'était levé, la pipe au bec, moins jovial que de coutume.

— Michel Hartog, Julie Ballanger, fit-il en guise de présentation.

Hartog toisa Julie.

— Je vous propose de causer en roulant. Allons-nous-en.

— Quoi ? Déjà ?

— Vous pourriez faire un petit tour dans le parc, intervint Rosenfeld. Le temps de faire connaissance. Julie est légitimement bouleversée à l'idée de nous quitter pour toujours après avoir vécu cinq ans ici. A sa place, vous paniqueriez un peu.

— Ça me ferait mal, dit Hartog. Allons, venez, ajouta-t-il à l'adresse de Julie.

— Je peux vous faire porter des rafraîchissements près de l'étang, insista encore Rosenfeld d'une voix mourante.

Hartog ne prit même pas la peine de lui répondre. Il saisit la valise de Julie et tendit la main au médecin. Celui-ci la serra mollement.

— Julie, fit Rosenfeld, je n'ai pas besoin de vous dire...

— Très juste ! s'exclama grossièrement Hartog.

Il prit la jeune femme par le coude et la remorqua vers la sortie.

TROIS

Tandis que la Lincoln démarrait, Julie, sur la banquette arrière, se retourna. Par la vitre, elle vit son analyste qui lui faisait au revoir de la main, et l'infirmière, Mme Cécile, qui agitait un kleenex. Les deux personnes rapetissèrent. Les pneus chantaient sur les cailloux. Puis la Lincoln retrouva la chaussée d'asphalte de la route et le manoir bascula et disparut, la voiture prit de la vitesse, les arbres et les feuilles pourries défilaient.

Julie admira l'automobile. On avait l'impression d'être en bateau. L'intérieur était garni de vrai cuir et d'acajou. Il y avait toutes sortes d'encastrements dans le dossier des sièges avant. Julie promena sa main sur les fermoirs incrustés dans le cuir.

— Regardez, dit Hartog.

Il ouvrit les logements. Julie vit un bar, un radio-téléphone, un minuscule écran de télévision, une machine à sténotyper miniature.

— Ce n'est pas une bagnole magique, dit Hartog. C'est fabriqué par des gens, vous savez.

— C'est quand même impressionnant. Je suis une pauvresse, non ?

Julie jouait avec les fermetures magnétiques. Un nouveau compartiment s'ouvrit sous ses doigts. Il y avait un revolver dedans, et Julie le prit pour un Colt. C'était en fait un Arminius à canon court, une arme allemande. Les flancs de la crosse étaient en matière plastique, le revolver avait l'air d'un jouet. Julie referma vivement le compartiment. Hartog rit.

— C'est une arme de défense. Désolé, je ne suis pas un empereur du crime.

— Vous êtes un empereur du savon.

Ils rirent ensemble.

— Vous ne m'imaginiez pas comme ça, remarqua Hartog.

— Certainement non. Je voyais un vieux monsieur poli.

— C'est à cause de ma réputation de bonté. Tout le monde me croit gâteux. Voulez-vous boire un verre ?

— Cela m'est interdit.

— Au cul ! s'écria Hartog et Julie sourcilla follement.

Le jeune homme ouvrit le bar compact et versa deux Ballantine sur de la glace. Il en mit un dans la main de Julie.

— Dédé ! appela-t-il. Vous voulez un verre ?

— Avec joie, dit le chauffeur.

Hartog lui passa un whisky que l'homme courtaud vida en conduisant. La Lincoln rejoignit l'autoroute de l'Ouest. Aussitôt, elle accéléra. Elle monta à cent quarante et y resta, dévorant la piste de gauche. Les passagers étaient à l'aise comme dans un wagon-lit.

— Que pensez-vous de moi ? Que savez-vous

de moi ? demanda Hartog. Est-ce que vous avez l'impression de vivre un conte de fées ?

— Je ne crois pas aux contes de fées.

— Bien. Alors quoi ?

— Vous êtes empereur du savon, de l'huile et des lessives. Vous êtes très riche et philanthrope.

— N'exagérons rien.

— Vous faites le Bien. Sans doute cherchez-vous à compenser un sentiment d'usurpation. Car votre fortune ne vous vient pas de votre travail. C'est la mort de votre frère et de sa femme qui vous en a rendu maître. Vous avez dû développer un fort sentiment de culpabilité, pour peu que vous ayez souhaité cette mort. Et on souhaite toujours la mort de son frère, à un niveau ou un autre.

— Compliments ! cria Hartog d'une voix blanche. C'est ça qu'on vous apprend à l'asile ?

— Ce n'était pas un asile, mais une institution libre. Je pouvais en sortir quand je voulais.

— Mais vous y êtes restée cinq ans. Pourquoi ?

— Vous avez étudié mon dossier. Vous savez pourquoi.

QUATRE

La Lincoln longea la Seine. Des Portugais casqués de plastique manipulaient des marteaux-piqueurs. Hartog sortit un paquet de Gitanes, en offrit une à Julie qui accepta.

— Vous n'allez pas reconnaître grand-chose. En cinq ans, on a beaucoup construit.

— Je l'ai entendu dire.

— Vous vous intéressez à l'urbanisme ?

— Pas tellement. Et vous ?

— Plus que ça.

Julie sourit, exhalant la fumée par les narines.

— Je sais, dit-elle, que vous avez dessiné vous-même la Fondation Hartog.

— La Fondation Hans-Peter et Margerite Hartog.

— Mais on l'appelle la Fondation Hartog.

— Mais c'est la Fondation Hans-Peter et Margerite.

— Votre frère et sa femme.

Le rousseau hocha la tête. Les coins de sa bouche étaient crispés. Des brins de tabac adhéraient à sa lèvre inférieure. Sa cigarette était mouillée de salive.

— Vous pourriez dire, ajouta-t-il, que j'ai compensé le désir de mort que j'avais eu à l'égard de mon frère, vous pourriez dire que je l'ai compensé en construisant la Fondation.

— Vous vous intéressez à la psychanalyse ?

— Pas plus que vous à l'urbanisme.

La Lincoln franchit la Seine et circula dans Neuilly. Rue de Longchamp, elle tourna au pied d'un immeuble dont la façade s'ornait d'une fresque en matière plastique. Des portes coulissèrent automatiquement devant la voiture. La Lincoln piqua du nez sur une rampe en ciment, vers un parking souterrain où se remarquaient deux minicars Volkswagen, une DS 21, une Porsche. Elle vint s'immobiliser sur un emplacement balisé.

— Nous sommes chez nous, dit Hartog. L'immeuble entier est à moi.

Le chauffeur descendit et vint ouvrir la portière de Hartog. Julie sortit de l'autre côté par ses propres moyens. Entre la DS et un minicar, elle vit surgir une silhouette très large d'épaules, en imperméable blanc à pattes. L'homme approcha à grands pas rapides. Il tenait dans sa main gauche une revue roulée.

— Fumier, ordure, déclara-t-il.

Le chauffeur de la Lincoln se retourna vivement et se jeta sur l'homme, les poings levés. L'autre le frappa au milieu de la poitrine. Julie entendit le choc avec stupeur. Les poings toujours levés, le chauffeur bascula en arrière, tomba sur le ciment, son crâne résonna contre le sol.

Hartog était en train de remonter en voiture. L'imper blanc le rejoignit et lui claqua la portière sur le milieu du corps. Hartog poussa un cri de douleur. L'homme l'empoigna par le col de sa saharienne, l'arracha de la Lincoln et le jeta par terre.

— Arrêtez ! Arrêtez ! hurla Julie.

La brute ne lui prêta aucune attention, prit son élan, expédia son pied dans les côtes de Hartog. Celui-ci poussa un grognement. Son visage devint livide. Julie rentra dans la Lincoln, ouvrit le casier du revolver. Elle braqua l'arme sur l'imper blanc, par la portière ouverte.

— Arrêtez ou je vous tue ! cria-t-elle.

Le type la regarda. Il avait un visage plat, un nez de boxeur, de gros yeux gris très clairs. Le haut de son crâne avait tendance à se dégarnir. Des mèches jaunâtres y pendaient.

— La sûreté est même pas ôtée, dit-il.

Eclatant de rire, il flanqua un coup dans le revolver avec sa revue roulée. L'Arminius alla voltiger sur le ciment. Le type haussa les épaules et s'en alla à grands pas vers la rampe de sortie. Julie ramassa précipitamment le revolver. Elle ne savait plus ce qu'il fallait faire, arrêter la brute ou s'occuper de Hartog qui râlait par terre. Le temps qu'elle réfléchisse, l'imper blanc franchissait les portes qui se refermèrent automatiquement sur lui.

— Au secours ! Quelqu'un ! appela Julie.

Le chauffeur se releva en titubant. Il se massait l'estomac.

— Appelez un toubib, dit Hartog. J'ai des côtes cassées, je le sens. Ne me touchez pas.

— La police, balbutia Julie.

Ses dents s'entrechoquèrent nerveusement.

— Non. Seulement mon médecin. Au trot.

Courbé en avant, secoué de nausées, le chauffeur appela un docteur sur le radio-téléphone de la Lincoln. Julie restait debout à côté de Hartog, désemparée.

— Je vous remercie bien, mon petit, dit le blessé d'une voix blanche. Rangez le revolver, vous serez gentille.

— C'est épouvantable.

— Vous en verrez d'autres.

CINQ

L'immeuble avait cinq étages. Pendant que le médecin s'occupait de Hartog, le chauffeur véhicula la jeune femme à travers la demeure. Le rez-de-chaussée et le premier étage étaient occupés par des salles de travail et des bureaux vides, aux moquettes épaisses, aux meubles de teck. Des Mondrian aux murs.

L'ascenseur stoppa au second étage. Les portes s'ouvrirent, mais le chauffeur appuya sur le bouton commandant qu'elles se referment.

— Les appartements du patron, dit-il. Interdits à la circulation, sauf s'il vous invite.

La cabine monta d'un étage.

— C'est ici que vous logerez. On sort. Le dernier étage est pour le sale môme.

— Le petit Peter ?

— Oui. Le sale môme.

— Tout l'étage ?

Le chauffeur hocha la tête.

— Le patron vous montrera. Venez voir votre chambre.

Julie suivit l'homme dans le corridor sans fenêtres. Une porte blanche s'ouvrit sur une pièce d'environ dix mètres sur quatre. Moquette bleue, murs blancs. Une très grande fenêtre au fond, donnant sur la rue de Longchamp. Un Pollock sur le mur de gauche, des unités de rangement contre celui de droite. Placards et rayons étaient recouverts d'un enduit plastique blanc au grain fin. De même pour le lit à couverture rouge. Il n'y avait pas de couvre-lit. Une table et une chaise blanche, au milieu de la pièce, complétaient le décor. Cela laissait beaucoup d'espace vide. Julie frissonna, croisa les bras. Le chauffeur s'était avancé au milieu de la chambre avec la valise. Il se retourna.

— Je m'appelle André. Et vous ?

— Julie. Julie Ballanger.

— Vous êtes pas parente avec un politicien communiste ?

— Non. Je ne suis la parente de personne.

— Moi, je ne suis plus marié, dit le chauffeur. Vous voulez boire un verre ?

Il posa la valise et alla ouvrir un élément bas. Julie aperçut un assortiment de bouteilles en même temps qu'un électrophone. Le chauffeur remarqua son regard.

— Pour ça, on peut pas dire que le patron fait mal les choses. C'est un type. Qu'est-ce que vous buvez ? Un autre scotch ?

Julie hocha la tête. Le chauffeur lui tendit un verre. Il s'était versé un Ricard. Il en but la moitié et s'essuya les lèvres avec sa manche.

— Physiquement, vous êtes mieux foutue que la Vieille Polio, fit-il.

— La Vieille Polio ?

— La nurse précédente. Complètement sciée à la base. Et quinqua. Et con. Vous, votre truc, c'est quoi ?

— Je ne comprends rien, dit Julie. Mon truc ? Qu'est-ce que vous voulez dire ?

— La chose qui va pas chez vous.

— Je suis guérie, affirma Julie.

— Des clous, oui ! s'exclama le chauffeur. Le patron, il fait le bien comme un fou. N'engage que des tarés. Il fait des usines pour les infirmes tu te rends compte ?

— Pas bien.

— Les mecs dans des petites voitures, il les fait bosser à la chaîne. Dans la maison, c'est le même tabac. La cuisinière est épileptique. Le jardinier n'a qu'un bras, ce qu'est pratique pour actionner le sécateur. La secrétaire particulière est aveugle. Le valet fait de l'ataxie locomotrice, donc faut pas s'étonner si ça arrive froid, les plats. L'ancienne nurse du sale môme, je t'ai dit. Et toi, tu te connais.

— Et toi ? demanda Julie.

Elle avait sorti des Gauloises et un Criquet. Elle alluma une cigarette et rejeta la fumée par les narines en arquant le cou en arrière.

— Et toi ? répéta-t-elle.

Le chauffeur haussa les épaules.

— J'étais para. J'ai sauté sur une mine. Je peux plus arquer.

— Et la brute de tout à l'heure ?

— Lui, c'est autre chose, dit le chauffeur. Un ami du patron.

— Drôle d'ami !

— Ex-ami. Hartog, au début, c'était un rien du

tout, il était raide comme un autre. Il était dans la construction, architecte, quoi, avec l'autre con, Fuentès, le mec qui nous a attaqués dans le parking.

— Comment ça, « il était avec » ?

Le chauffeur se versait un troisième verre. Il alla s'asseoir sur la chaise blanche, devant la table blanche.

— Rien de sexuel. Ils travaillaient ensemble. Ils avaient un bureau d'architecte ensemble, ça s'appelle. Ça marchait pas quand Patatrac ! — le frère à Hartog se paie un palmier avec son avion. C'étaient lui et sa femme qui avaient tout le blé. Aussi sec, Hartog se retrouve tuteur du môme et maître du blé. Il a plaqué l'autre con, Fuentès, lequel lui a jamais pardonné. Il vient de temps à autre pour lui casser la gueule.

— De temps à autre ? répéta Julie. C'est le pied.

— Si encore on pouvait le descendre, soupira le chauffeur. C'est le valet et moi qui font les rondes de nuit et on a un Colt. Deux, trois fois, on a eu l'occasion de lui brûler la gueule, au Fuentès. Mais Hartog veut jamais.

Julie vida son scotch et frissonna. Le chauffeur lui adressa un sourire affable.

— Nerveuse ? fit-il.

SIX

Après le départ du chauffeur, Julie s'installa. Les placards étaient bien trop grands pour le peu de biens que possédait la jeune fille, mais lorsqu'elle les ouvrit, elle vit qu'ils étaient déjà à demi pleins. Des vêtements pendaient sur des cintres. D'autres étaient pliés sur des étagères. Julie en fit vivement l'inventaire. Ils étaient neufs et à sa taille. Cherchant un miroir, la jeune fille découvrit la salle de bains, derrière une porte presque invisible, près du Pollock. Comme la chambre, la salle de bains était pourvue : savon, gant de crin, dentifrice (de trois sortes), sels de bain, etc. Il y avait même un nécessaire pour se raser les jambes. Julie grinça des dents de rage.

Il y avait un grand miroir au mur de la salle de bains et la jeune fille se regarda dedans. Elle essaya plusieurs vêtements neufs qui lui plaisaient. Elle se regarda également nue et n'aima pas ce qu'elle voyait. Elle se trouvait garçonnière, charpentée comme un cheval, les seins trop plats, les épaules trop musclées, les hanches trop étroites et la taille pas assez fine. Ses cheveux très noirs, mi-longs, soigneusement arrangés et frisés artificiellement à leurs extrémités, semblaient une perruque. Bref, elle avait l'air d'un travelo récemment opéré.

Elle n'osa pas mettre un des habits neufs, dont certains pourtant lui plaisaient malgré elle. Elle alla ouvrir sa valise et passa une petite robe noire démodée. Puis elle rangea le reste de ses affaires. Quelques vêtements vieux de cinq ans. Pas de bijoux, même de fantaisie. Une trousse de toilette qui alla se poser sur la plaque de verre, au-dessus du lavabo. Une trousse à médicaments, et Julie consulta sa Kelton rayée et jugea qu'il était l'heure d'un Tofranil. Elle l'avala avec un peu de scotch. Enfin, elle rangea ses livres, quelques romans policiers, des textes de Freud en édition populaire et une série de petits volumes en anglais destinés à l'identification des oiseaux communs, des fleurs des champs, etc...

En rangeant, Julie découvrit que l'électrophone encastré était flanqué de disques. Mozart, Bartok, du jazz New Orleans. Elle mit en marche la radio couplée au tourne-disques. Elle gagna la fenêtre, comprit malaisément le mécanisme d'ouverture à bascule, finit par ouvrir et s'accouda pour contempler la rue de Longchamp. Les trottoirs respiraient la paix et la richesse. Derrière Julie, la radio bourdonnait. Claude François vociféra avec enthousiasme. Puis, au son des violons, une voix féminine vanta successivement un vermifuge, des pneus-pluie, une revue virile. Julie alla éteindre le poste, mit l'électrophone en marche et se passa *King Porter Stomp.*

En revenant à la fenêtre, elle sursauta. La soirée

qui commençait était langoureuse et chaude. Dans la pénombre mauve éclaboussée par les lampadaires, Julie crut voir une silhouette massive en imper blanc à pattes d'épaules. Elle se pencha pour mieux voir. *King Porter Stomp* lui mettait les larmes aux yeux. Le temps de les essuyer, la silhouette avait disparu. Ou bien n'avait été qu'une illusion, un fantasme.

On frappa à la porte et Julie tressaillit. Elle alla ouvrir. Hartog entra. Son sourire ressemblait à une fente de parcmètre. Il portait un pull blanc ras-du-cou, sous lequel se voyait la légère enflure d'un bandage.

— Vous êtes debout ! s'exclama Julie.

— Pourquoi non ?

— Vos côtes ?

— Deux sont fêlées. Je suis bandé serré. Ne vous occupez pas. Dédé vous a installée, je vois. Je venais m'assurer que tout va bien. Vous dire, également, que l'on dînera dans un quart d'heure. Ordinairement, vous mangerez à part avec Peter, mais pour le premier soir, je souhaite que nous bavardions un peu. Descendez boire quelque chose.

Le salon du second étage où ils s'installèrent était parsemé d'énormes fauteuils de cuir brun. Julie accepta un nouveau verre.

— Vous vous inquiétez sans doute, dit Hartog, de savoir pourquoi la brute de tout à l'heure m'a attaqué.

— Non. André m'a expliqué.

— Ah bon. Fuentès est un aigri, un raté. Mais j'hésite à mettre la police à ses trousses. Vous claquez des dents ?

— Je suis comme qui dirait allergique au mot p... p...

Julie se pencha en avant.

— Excusez-moi, dit-elle. Je suis allergique au mot police.

— Comment ça se fait ? Un traumatisme ?

— Je ne sais pas. Quand j'avais six ans, la fermière chez qui j'étais placée m'a fait enfermer une heure au commissariat du chef-lieu, pour m'inspirer une crainte salutaire de l'autorité. C'est la seule chose que j'ai en commun avec Alfred Hitchcock. J'ai eu des convulsions, ensuite.

— Je sais, oui, j'ai étudié votre dossier.

Un silence.

— Oui, bon, dit Hartog. Pour en revenir à Fuentès, j'hésite à prendre des mesures. Après tout, c'est un ami de jeunesse. Du temps de la vache enragée. Cela crée des liens. Même, il me fascine.

L'homme eut un petit rire.

— C'est humain, non ? fit Julie. Il est ce que vous avez failli être. Un architecte raté.

L'épaule gauche de Hartog remonta nerveusement. Le rousseau ricana de nouveau.

— Ah mais, il n'est plus architecte. Il crache sur l'architecture. Il travaille comme contremaître, manœuvre... On ne sait plus où il vit.

— Tout à l'heure, j'ai cru le voir, en bas dans la rue.

— C'est possible. Il rôde.

— C'est rassurant.

Hartog rit d'un autre rire, plus détendu, offrit une Gitane à Julie et la lui alluma avec un gros briquet de bureau en jade. Une femme nue en or était incrustée dans la pierre et les pointes de ses seins étaient deux rubis minuscules. Le rousseau se leva.

— Je vais vous montrer Peter. La cuisinière l'a fait dîner. Vous pouvez essayer de le coucher.

Julie posa son verre et le suivit. L'ascenseur les emporta vers le sommet de l'immeuble.

— André m'a expliqué que vous n'engagez que des infirmes, dit Julie. Comme ça, je comprends mieux.

— Qu'est-ce que vous comprenez mieux ?

— Pourquoi vous m'avez engagée.

— Vous, c'est différent.

— En quoi ?

— Vous avez besoin d'amour, dit très calmement Hartog. Comme Peter.

L'ascenseur s'arrêta, le couple avança sur une moquette épaisse, dans un couloir sombre. Une porte était ouverte, d'où sortait une lumière grisâtre. Peter regardait la télévision.

L'héritier Hartog pouvait avoir six ou sept ans. Il était roux et tacheté comme son oncle, le corps gras et mou. Il était fasciné par la télévision, qui diffusait un reportage sur la famine en Asie.

— Allez-y franco, dit Hartog. Il sait que vous êtes arrivée, que vous remplacez Marcelle.

Julie pénétra dans la pièce.

— Je suis Julie.

Peter la toisa, puis revint à l'écran.

— Couchez-le, dit Hartog.

Julie avança encore.

— Allons, allons, fit-elle d'une voix mal placée, il est temps d'aller au dodo.

Peter était en pyjama d'éponge rouge. Julie lui

prit la main. Il la retira brutalement. Julie la reprit.

— Allons, allons !

Peter se fit mou.

— Debout, voyons !

Peter restait mou. Julie tira sur le bras qu'elle tenait, remorqua l'enfant qui se laissait pendre. Au passage, de son autre main qui frôlait le sol, il ramassa un chien en bois.

— Allons, Peter, dit Julie. Tiens-toi !

L'enfant se redressa. Son bras libre balaya un quadrant d'espace et abattit le chien en bois sur l'arête du nez de Julie. Bruit sec. Les yeux de la jeune fille s'emplirent de larmes. Elle lâcha le garçonnet, tituba. Elle se tenait le nez à deux mains. Les larmes ruisselèrent sur ses joues.

Soudain affolé, Peter saisit Julie à bras-le-corps et se mit à lui embrasser le flanc, bruyamment, précipitamment. Il lui prit la main et la baisa. Il ne disait rien.

— Ça va bien, fit Julie.

Sa voix était nasillarde, ses narines pleines de sang. Elle considérait Peter. Dans cette maison de tarés, elle s'étonnait qu'il n'eût pas les pieds palmés.

— Tu m'as fait mal, dit-elle. Vraiment mal. Mais repartons à zéro. Je veux être ton amie. Demain, nous ferons connaissance. Pour le moment, c'est l'heure où les petits garçons vont faire dodo. D'accord ?

— Et ma télé ?

— La barbe, avec ta télé ! Il faut dormir. C'est terminé la télé !

Peter se précipita sur le chien en bois et le jeta

dans le récepteur. Le tube cathodique implosa. Du verre pilé chaud, des lampes, des transistors, des bouts de ferraille et de matière plastique giclèrent bruyamment. Le tuner rebondit contre le mur.

— Kaya ! hurla Peter de toutes ses forces.

Julie lui expédia une maîtresse gifle, à bras tendu. L'enfant fut précipité contre le mur. Il rebondit, reprit son équilibre et s'immobilisa dans une sorte de garde-à-vous, les poings serrés, les yeux fermés. Ses paupières frémissaient. Julie était épouvantée d'avoir frappé si fort. Elle jeta un coup d'œil furtif à Hartog qui traversait la chambre en diagonale et débranchait le poste fracassé. Le rousseau était impassible.

— Bon, dit Julie à Peter. Je t'ai frappé. Tu m'avais frappée. On repart à zéro demain. D'accord ?

— D'accord, d'accord, d'accord, d'accord ! cria Peter. Cesse de me demander si je suis d'accord !

Il monta dans son lit et s'enfouit sous les couvertures. Hartog posa sa main sur l'épaule de Julie.

— Venez dîner.

SEPT

La sonnerie du téléphone réveilla Julie. Tout en décrochant, elle regarda sa montre. Six heures trente cinq. Elle avait mal à la tête, la bouche pâteuse.

— Je vous réveille ? demanda la voix de Hartog.

— Oui.

— Vous aurez l'amabilité de descendre à mon bureau.

— Où est-ce ?

— Rez-de-chaussée, porte K. Je vous attends. Il y a du café.

— Bon.

— Vous avez dix minutes, dit le combiné.

On raccrocha. Julie s'extirpa des draps, tituba, s'assit sur le bord du lit. Elle avait une terrible gueule de bois. Elle se frotta les yeux avec ses poings.

Dans la salle de bains, le tube lumineux, au-dessus du lavabo, l'éclaira d'une sale lumière couleur d'huître. Julie se brossa les dents, démêla ses cheveux, avala deux Tofranil. Pas le temps de prendre une douche. Elle se maquilla succinctement et revint dans la chambre. Sa petite machine à écrire Hermès Baby était ouverte sur la table, une feuille engagée à l'intérieur. Julie se pencha et lut :

Neuilly, le 5 juin

Monsieur le Docteur Y. Rosenfeld
Chateau des Bauges 78 - Gouzy

Docteur,

je me rends compte que j'ai essayé d'hésiter, car

— Oh là là ! marmonna Julie. Qu'est-ce que tu devais être bourrée !

Elle arracha le feuillet, le roula en boule et le jeta dans la corbeille à papier cylindrique en aluminium. La jeune fille ouvrit la penderie et enfila un pantalon noir et une tunique jaune.

— Tu vas te faire foutre à la porte, observa-t-elle.

Elle alla prendre l'ascenseur. Au rez-de-chaussée, elle trouva sans peine la porte K (le K en métal doré saillait sur le battant). Julie frappa. A l'intérieur, elle entendait parler Hartog.

— Entrez !

La jeune fille obéit, referma derrière elle. Le bureau était carré, tout blanc, avec une table blanche encombrée de papiers et de dossiers, une chaise blanche, deux grands fauteuils de cuir blanc et une couche de repos assortie. Hartog était assis au bord de la couche et parlait dans un combiné excentrique muni d'un cadran à la base et d'un très long fil tire-bouchonné. Le rousseau n'était pas rasé. Il portait une robe de chambre en nylon blanc sous laquelle se voyait un pyjama noir et bleu. Il fumait. Un cendrier métallique monté sur pied était posé à côté de lui.

— Je me fous complètement du projet de Goujon ! cria-t-il dans le téléphone. Je vous ai dit ce que je veux, je vous ai envoyé un crebard, ça ne vous suffit pas ? Merde !

Julie hésitait au milieu de la moquette gris clair. Du geste, Hartog lui fit signe de s'asseoir. Il fit tomber sa cendre sur le sol.

— Qu'il se torche le cul avec ! hurla-t-il dans le téléphone. Circulation pédestre entre les habitations ouvrières, autoroute jusqu'au gisement. Les coûts ? Quels coûts ? C'est moi que ça regarde, les coûts !

Julie entendait *les coûts* et comprenait *les coups,* et ne comprenait absolument rien.

— Bien. C'est mieux. Rappelez-moi après-demain à Munich.

Il raccrocha sans dire au-revoir, se tourna vers Julie. Le visage du rousseau luisait. La sueur emperlait la racine de ses cheveux trop fins, au sommet de son crâne tacheté. Il alluma une Gitane au mégôt de la précédente.

— J'ai demandé du café ! Où est-il, ce putain de café ?

On frappa.

— Entrez !

Le valet entra avec le café sur un plateau blanc.

— C'est pas trop tôt, Georges, grommela le rousseau.

— J'ai dû le faire moi-même, dit Georges d'une voix révoltée.

— Et pourquoi ça ? Je paie une cuisinière !

— Mme Boudiou est très mal, dit Georges. Elle a une crise. Elle a encore manqué avaler sa langue.

— Posez ça là et foutez le camp.

— Oui monsieur.

Georges sortit. Hartog se leva et s'épongea le visage avec un mouchoir noir. Il alla ouvrir une porte de communication et disparut, mais il demeurait à portée de voix.

— Vous étiez ivre, hier soir, cria-t-il.

— C'est possible, dit Julie d'un ton buté. Je ne me souviens de rien.

— Alcool et tranquillisants, hein ? fit le milliardaire invisible d'une voix bizarrement allègre. Faudrait pas en faire une habitude. Pas pendant le travail.

— Ce n'était pas pendant le travail.

— O. K. Servez le café, mon petit, vous serez gentille.

Julie servit le café. Hartog réapparut en pantalon, le torse et les pieds nus. Il était bandé de la ceinture aux pectoraux. Il tenait un rasoir à piles. Il s'assit à la table de travail et donna une chiquenaude au téléphone.

— Cette bande de cons ! cria-t-il.

Il fouilla dans les papiers accumulés sur la table, dénicha un grand dessin à l'aquarelle et le fit claquer sur le bois, devant Julie.

— Regardez. C'est moi qui ai fait ce plan. Vous savez lire un dessin d'urbaniste ?

— Non.

Le rousseau eut l'air déçu.

— Et puis merde, soupira-t-il. Je sais qu'il est bon.

— C'est pour me montrer vos petits dessins que vous m'avez réveillée à six heures et demie du matin ?

Hartog but une gorgée de café. Il regarda Julie avec intérêt.

— Petite rebelle, dit-il. Je sais tout de vous. Voleuse à la tire. Pyromane. Compliments.

— Evidemment, dit Julie, tout est dans mon dossier.

— Vous, les pauvres, vous êtes trop cons, observa Hartog. Vous vous y prenez comme des manches.

— Tout le monde ne peut pas hériter.

Hartog haussa les épaules.

— Moi, dit-il, j'en fais quelque chose, de mon héritage. Vous autres, vous ne sauriez pas quoi en faire. Vous, Fuentès, tout ça, les gens comme vous. Moi, je fais une œuvre.

— Des sous, dit Julie. Des sous et des petits dessins.

— Petits dessins, petits dessins, répéta Hartog d'un air vague.

Le bas de son visage était contracté. Il s'ébroua, tira de son bureau une chemise à triple rabat et, la secouant, en fit s'échapper un flot de photographies 21 × 27.

— Une œuvre, merde, une œuvre !

Il jurait, mais semblait calme. Il se frappa le haut du sternum avec la paume. La transpiration dégouttait anormalement, obscènement, sur son corps glabre et blanc. Le rousseau se leva et mit son rasoir en marche. Julie regardait distraitement les photos. Des maisons. Des immeubles. Des ponts. Au verso, un nom de lieu, une date. Julie termina son café. Hartog arrêta son rasoir.

— N'admirez-vous pas mon œuvre ?

— Avec du blé, on fait ce qu'on veut.

— Je crée de la beauté, dit Hartog.

Julie renonça à répliquer. Le rousseau posa son rasoir sans le nettoyer.

— J'ai quelques responsabilités à vous confier, fit-il d'une voix soudain différente. Je prends un avion à huit heures. Je serai absent trois jours. Il faudra vous débrouiller sans moi. Miss Boyd sera là, ma secrétaire. Vous ferez appel à elle si vous avez besoin d'argent.

Julie hocha distraitement la tête. Elle regardait une photo.

— Celle-ci me plaît, murmura-t-elle. Oui.

Hartog lui prit le cliché des mains, le regarda. Sur la croupe d'une montagne s'étendait une accumulation presque anarchique de bâtiments bas. On aurait dit que des ruines de diverses origines avaient été concentrées, reliées les unes aux autres par des maçonneries plus récentes, parsemées au fil des années de nouvelles incohérences. Entre les pierres sèches et les plaques d'ardoise se tendaient des passerelles ineptes, montaient des pains de sucre de trois ou quatre mètres de haut, jamais davantage. Des végétaux poussaient dans des cours intérieures, dans des réduits, sur des bouts de toit.

Une rougeur violente empourpra le visage de Hartog, descendit à vue d'œil sur son torse étroit, jusqu'au bandage. Le rousseau se griffa nerveusement le cuir chevelu.

— Vous avez votre côté dingue, dit Julie avec

bienveillance. C'est de vous, oui, ce machin, pas vrai ?

Hartog hocha la tête.

— Ma folie...

— Plaît-il ?

— Ma folie, répéta le rousseau. *Folie,* vous savez bien, un lieu de plaisir et de caprice. Un nid d'aigle...

Il semblait reprendre de l'assurance en parlant.

— ... Là, fit-il d'un ton satisfait, j'ai vraiment lâché la bride à mon imagination. Peut-être même ai-je été puéril. Mais tout homme a besoin d'un lieu où s'isoler, se perdre. Je m'y repose mieux qu'à la Trappe.

Du front bombé de Hartog, une goutte de sueur tomba sur le papier glacé. Il jeta la photo sur le bureau et se détourna. La photo voltigea, hésita, tomba sur les genoux de Julie.

— Vous voulez un verre ? demanda Hartog, le dos tourné.

— A cette heure-ci ?

— J'en prends un. Ne vous gênez pas.

L'homme, voûté sur un panneau encastré, ouvrait un bar. Cette maison était pleine de bars. Un rêve d'alcoolique.

— Au revoir, dit Hartog sans se retourner.

Raidement, verre en main, il sortit par la porte de communication, et Julie hésita, puis se versa une Fine qu'elle avala debout, très vite, sans respirer, et cela lui rappela le temps où, frissonnante, à l'aube, devant le zinc, elle avalait ses quatre calvas, après le café noir, avant une journée d'errance, de larmes, de fatigue et de désespoir.

HUIT

Après le départ de Hartog, Julie alla chercher le petit déjeuner de Peter à la cuisine. Elle y trouva le valet Georges qui mangeait une omelette baveuse sur un coin de la vaste table. L'homme était en bretelles. Il avait les yeux injectés de sang. Il se leva à l'approche de Julie.

— Mme Boudiou va mieux, signala-t-il la bouche pleine. Je vais vous préparer quelque chose pour le sale môme.

Du jaune d'œuf lui coulait sur le menton.

— Ne vous dérangez pas, dit Julie. Je me débrouille.

Elle empilait sur un plateau des paquets de céréales semblables à des paquets de lessive. Elle entendait le valet mastiquer derrière elle.

— Pendant que vous y êtes, vous pourriez me déboucher une Guinness ?

Julie obéit en silence, posa la bière et un verre devant Georges. Le valet se gavait et semblait s'en trouver mieux. Son teint rougeoyait.

— C'est vrai ce qu'on dit, que vous étiez chez les fous ?

— C'est vrai.

Gêne de Georges.

— Antérieurement, demanda-t-il, vous étiez domestique ?

— Antérieurement, j'étais délinquante juvénile.

Gêne accrue de Georges.

— Vous voudrez bien m'excuser, dit Julie.

Elle quitta l'office avec son plateau, par le monte-charge de service. Calée entre son coude et son flanc, elle transportait la photographie de la *Folie*. Elle n'avait pas conscience de l'avoir emportée.

La jeune fille entra dans la chambre de Peter. Le garçonnet était éveillé et jouait sur la moquette avec des voitures miniatures. Il consulta sa montre électrique.

— Tu es en retard.

— Bonjour, dit Julie.

— Où est Marcelle ? Où est la Vieille Polio ?

— Elle est partie. Je la remplace.

Peter haussa les épaules.

— Tu es en retard, répéta-t-il.

— Ton oncle s'absente. J'ai dû lui dire au revoir.

— Il ne vient jamais me voir.

Julie posa le plateau sur la table et versa du lait chaud sur le cacao instantané et du lait froid dans une assiette creuse.

— C'est parce qu'il est très occupé.

— Non, c'est parce qu'il ne m'aime pas. Personne ne m'aime, sauf Marcelle. C'est elle qui me l'a dit.

— Elle se trompait, affirma Julie.

Peter ne répondit pas et vint s'attabler. Il déversa des céréales de toutes sortes dans l'assiettée de lait et se mit à manger goulûment. On frappa à la porte. Julie ouvrit. Dans le couloir se tenait un homme très grand, très blond, au teint de poupon, dans un costume de drap bleu.

— ...moiselle, fit-il. J'apporte le téléviseur.

Il désignait un grand carton posé près de lui.

— Qui êtes-vous ? fit Julie, saisie.

— J'apporte le téléviseur. C'est bien ici, non ?

Il consulta une fiche.

— En bas, ils m'ont dit ici.

— Une télé ! Une télé ! s'écria Peter en sautant sur place.

— Oui, dit Julie, c'est ici, sûrement. Je ne vous attendais pas.

Le colosse blond transporta le gros carton à l'intérieur de la chambre. Julie, aussitôt nerveuse, alla ouvrir la fenêtre, lever le store.

— Où est-ce que je l'installe ?

Julie, figée, regardait en bas, dans la rue, un imper blanc à pattes d'épaules. Un autobus cacha la silhouette.

— Mademoiselle ?

L'autobus passa. Plus d'imper blanc. Julie se retourna.

— Mademoiselle ? Où est-ce que je l'installe ?

— N'importe où. Par terre. Là. La prise antenne.

Julie trépignait. Le colosse blond déchira le carton. Il ne se pressait pas. Julie caressa les cheveux trop fins de Peter.

— Tu vois, il t'aime, ton oncle, fit-elle distraitement. C'est sa façon de dire au revoir, une télévision neuve.

— Tout ce que je casse, dit Peter, on me le remplace.

NEUF

Après le petit déjeuner, Julie décida d'emmener Peter au Luxembourg.

— J'ai pas envie, dit l'enfant.

— Fais ce que je dis ! Habille-toi.

Julie avait tapé du pied. Peter haussa les épaules.

— C'est vrai ce que dit Marcelle, que tu étais chez les fous ?

Le visage blanc de Julie devint plus blanc encore. Ses yeux violets brasillèrent. Elle fit un pas vers Peter. Le garçonnet sauta en arrière. Il la regardait avec inquiétude. Julie pivota et sortit de la chambre. Une vive chaleur lui montait à la gorge. Dans l'ascenseur, elle frappa la paroi à coups de poing. Elle longea le couloir. Elle entra dans sa chambre et s'avança à travers la pièce en zigzaguant et en titubant et en se mettant à pleurer. Elle voyait rouge. Elle avait une photo à la main. Elle la jeta sur la table. Elle donna un coup de poing sur la table. Elle arracha sa tunique jaune et son pantalon. En slip et brassière, elle fit le tour de la chambre en longeant le mur, en se frottant la tête contre le mur. Ses larmes tombaient sur ses orteils. Elle ouvrit ses placards à la volée. Se rhabiller ne la calma pas.

Elle enfila un collant fumée, un short pistache, une sorte de T-shirt long, orangé. Elle arpenta la pièce et les muscles de ses jambes jouaient superbement. Elle alla se regarder dans le miroir de la salle de bains pour se consoler.

— Je vous baise tous ! déclara-t-elle.

Le carrelage était tout ricanant de haine. Julie avala quatre Tofranil avec quinze centilitres de scotch. Elle frissonna.

— Brrr ! fit-elle.

Elle alla prendre son sac de daim jaune qu'elle avait jeté sur la table. La photo était dessous. Julie la regarda. Quelle belle photo... Un labyrinthe. Une maison où se perdre. Julie retourna le cliché. Au verso, un marqueur à pointe nylon avait inscrit. *Tour Maure. Canton d'Olliergues. Massif Central. 1967*... La jeune fille fourra la photo dans son sac. Elle claquait des dents. L'inévitable crise d'adaptation. Se détendre. Mettre un mot au docteur Rosenfeld. Julie cherchait du regard son Hermès Baby. Impossible de la voir. Impossible de mettre la main dessus. Impossible de se rappeler ce qu'elle avait bien pu en foutre. Au diable ! Julie marcha vers la porte. Aller promener.

DIX

Il était dix heures du matin lorsque Julie et Peter arrivèrent en taxi au Luxembourg. La colère de la jeune fille se coagulait doucement dans sa tête.

— Je ne suis jamais venu ici, dit Peter.

— Tu as dû venir.

— Non, jamais. Marcelle m'emmenait au bois de Boulogne.

L'enfant avançait, voûté, les mains dans les poches de ses jeans de velours, regardant les cailloux de l'allée dans lesquels il donnait des coups de pied. Il avait l'air d'un petit vieux furibond.

— Qu'est-ce qu'on va faire ? demanda-t-il.

— Se promener. Bavarder.

— La barbe !

Julie soupira.

— Je ne te plais pas.

— J'aimais mieux Marcelle.

— Il y a des jeux, dit la jeune fille. Je vais t'emmener là-bas.

Elle se dirigea vers la partie ouest des jardins, où se trouvent des courts de tennis, des terrains de boules, un parc de distractions enfantines, un manège, un guignol. Julie et Peter croisaient des étudiants, des mamans, des petits vieux. La jeune fille ouvrait fort les yeux et les narines, étourdie par l'air, les couleurs, les sons.

— Je t'emmènerai dans des tas d'endroits, dit-elle d'un ton conciliant.

Peter s'en foutait. Il monta sans plaisir sur le manège, se laissa attacher avec une courroie. Il chevauchait un grand lion de bois. Il palpa distraitement les crocs de l'animal. La machine se mit en branle. Peter regardait le vide.

— Et puis la barbe, ronchonna Julie.

Elle s'assit sur un banc proche. Avant de prendre le taxi, elle avait acheté *Vogue*. Elle feuilleta la revue. Des femmes longues et somptueuses flottaient dans des étoffes inconcevables. Quels regards ! Quels cheveux ! Quelles mâchoires ! Quelles jambes ! Quel pied ! Si seulement je pouvais être mannequin, pensa Julie. Les pages de *Vogue* dégoulinaient de pognon. La jeune fille se moucha dans un kleenex.

— Hep ! fit une voix proche.

Julie sursauta, décroisa les jambes. Elle considéra d'un air hautain le jeune homme au long nez, souriant, yeux bleus, une épaisse tignasse brune, qui se penchait vers elle, le journal *le Monde* à la main. Il avait l'air d'un étudiant prolongé avec son caban bleu marine et ses jeans, et ses espadrilles. Julie ne l'avait pas entendu arriver. Il s'appuyait au dossier du banc pour se pencher vers la jeune fille.

— Criez surtout pas, ça vaudra mieux. Regardez.

Il écarta les plis de son journal. Entre les plis, il tenait un automatique MAB modèle C.

— C'est un jouet ! s'exclama Julie.

— Ne croyez pas ça. Ne déconnez pas, surtout. On vient prendre le môme. Il y a deux autres tireurs autour de vous. Si vous déconnez, vous êtes morte. Et les balles perdues, c'est les petits milos qui vont les effacer. Voyez, vous avez pas intérêt.

— Vous avez l'air sérieux.

— Je le suis. C'est un kidnapping. Vous allez appeler Peter Hartog sitôt que le tour de manège sera fini. Ne traînez pas.

Julie se démancha le cou à scruter les alentours. Elle ne vit que des promeneurs d'aspect inoffensif.

— Ne tentez rien, dit le jeune homme brun d'un ton patient. Qu'est-ce que vous avez à gagner ? On ne vous fera pas de mal. On va vous relâcher tout à l'heure avec une lettre. Hartog paiera. On rendra le môme. Tout le monde sera content. Tenez, le manège ralentit. Ne traînez pas. Ne réfléchissez pas.

La sueur graissait la lèvre supérieure du jeune homme. Un tic agita le coin de sa paupière.

— Ne vous énervez pas, dit Julie. Je vais être très disciplinée.

Le manège s'arrêtait.

— Peter ! appela la jeune fille. Peter ! Viens ici !

Peter secoua la tête et se cramponna à son lion.

— Il ne m'obéit pas, dit Julie. Allons le chercher.

— Bon.

Elle se leva. Le jeune homme lui prit le bras. Ils pénétrèrent dans l'enceinte grillagée entourant le manège.

— Je veux rester ! clama Peter.

— Ne discute pas.

Julie défit la courroie. L'enfant descendit de mauvaise grâce.

— On va aller se promener tous ensemble, lui dit le jeune homme brun. Je m'appelle Bibi, comme Bibi Fricotin, c'est facile à se rappeler.

— Qui c'est, Bibi Fricotin ?

— Allez, marchons, je te raconterai.

— La barbe ! Où est-ce qu'on va ?

Bibi prit Peter par la main et poussa devant lui Julie. Ils filèrent droit vers la sortie Vavin. A l'instant où ils franchissaient les grilles, une Renault 16 bleue se rangea contre le trottoir. Bibi ouvrit la portière arrière et entra le premier, entraînant Peter à sa suite. Julie hésita une fraction de seconde, puis elle sentit qu'on la poussait en avant, elle se retrouva dans la voiture, quelqu'un entrait à sa suite et claquait la portière, c'était le colosse blond qui avait livré le téléviseur, le matin.

— Vous... Vous... balbutia Julie.

Elle était à moitié assise par terre. Le colosse blond la prit par le bras et la hissa sur le siège. Ses gros yeux bleus n'avaient presque pas de cils. La R 16 filait le long des jardins. Elle vira à gauche, emprunta plusieurs petites rues, se retrouva boulevard Raspail et roula vers Denfert-Rochereau. Sous l'effet de la terreur, le ventre de Julie gargouilla. Des crampes plièrent la jeune femme en deux. Bibi et le colosse blond allumèrent des cigarettes.

— Donnez-m'en une, s'il vous plaît, balbutia Julie.

Bibi lui passa celle qu'il venait d'allumer, une Craven filtre. Une odeur de caramel envahissait la voiture. Le colosse blond ouvrit sa vitre.

— Ferme ça ! jeta le chauffeur sans se retourner.

Le colosse obéit. Du chauffeur, Julie ne voyait que la nuque rasée et rougeaude, sous un chapeau vert vaguement tyrolien.

— Vous ne vous en tirerez pas, dit la jeune fille. Il est encore temps de nous déposer.

— Ta gueule !

Peter regardait Julie avec inquiétude. Il n'osait parler. Ses yeux étaient humides de larmes retenues, des larmes de pur effroi. La jeune fille lui caressa les cheveux.

La R 16 dépassa le lion de Belfort et piqua vers la porte d'Orléans. L'avenue du Général-Leclerc était encombrée. La voiture piétinait, dût stopper à une demi-douzaine de feux rouges. On voyait des agents de la circulation. Bibi et le colosse blond ne cessaient de jeter alentour de petits coups d'œil alertes. Bibi avait son pistolet sur les cuisses. Il gardait la main dessus. Le conducteur mit en marche la radio de bord qui diffusa de la musique de jazz, de la flute indienne et une valse viennoise. La R 16 franchit la porte d'Orléans, enfila l'entrée de l'autoroute du Sud, sinua dans le tunnel et ressortit à l'air libre. Elle accéléra, monta à 120 km/h.

— Mollo, Nénesse, conseilla le colosse blond.

— Je connais mon métier !

— T'es jamais à l'abri d'un con qui te rentre dedans.

— Z'ont pas intérêt. A présent, ta gueule et laisse-moi conduire.

— Au péage, dit doucement Bibi à Julie, vous serez bien sage, sans quoi c'est le môme qui déguste.

— Oui, oui, dit Julie. Soyez tranquille.

Elle respirait la bouche ouverte. Elle était calme, à présent. Elle ne croyait pas vraiment à la réalité de ce qu'elle percevait.

ONZE

La maison était à peine une maison. C'était une espèce de chalet planté dans le sable, au fond d'une petite vallée, entre de grands pins. Les murs extérieurs étaient composés de rondins vernis. A l'intérieur, toutefois, les parois de l'unique pièce étaient lisses, couvertes de lattes ripolinées. Il y avait un coin cuisine. Une cloison, qui commençait à dix centimètres du plancher et s'arrêtait dix centimètres avant le plafond, délimitait dans un autre coin une cabine exiguë où se trouvaient une douche et des latrines chimiques.

Les flancs de la vallée étaient couverts de bruyère et de rochers de grès, et il y poussait une profusion de pins et de bouleaux. La pente était raide. A moins de cent kilomètres de Paris, c'était un lieu retiré, difficile d'accès.

A son niveau le plus bas, la vallée faisait une cinquantaine de mètres de large, sur deux cents de long. Au sud, elle s'achevait en cul-de-sac ; au nord, par une sorte de col, un goulet sablonneux plein d'affleurements de grès. Thompson, assis sur le perron du chalet, regardait la sortie du goulet.

C'était un homme de cinquante ans à peu près, d'aspect britannique. Son visage brun avait les proportions d'une saucisse à cocktail. Ses cheveux semblaient des bouts de chaume maladroitement collés sur son crâne, de même sa moustache petite et ébouriffée. L'œil était bleu. Thompson avait sur les genoux une carabine Sauer avec une culasse Weatherby à neuf tenons. Il était vêtu d'un complet de sport tabac et d'une chemise beige à col roulé. Il écoutait le bruit de moteur qui se rapprochait.

La R 16 surgit dans le goulet, patina fugitivement dans le sable, puis accéléra sur le sol de la vallée, couvert d'aiguilles de pins. Elle stoppa devant le chalet, au milieu d'un bouquet d'arbres. Les portières s'ouvrirent et les occupants descendirent.

— Où est Fuentès ?

— Qui est Fuentès ?

— C'est une idée qu'elle a, dit Bibi. Elle veut absolument que nous soyons envoyés par un certain Fuentès.

— Mais non, nullement, je vous assure, affirma Thompson en se redressant.

Il était très grand, dégingandé. Julie scruta les alentours. La R 16 avait quitté l'autoroute par la sortie de Nemours, puis elle avait fait de nombreux détours par des pistes et des petites routes à travers bois. La jeune fille était complètement désorientée.

— Entrez, je vous prie, avec l'enfant, dit Thompson.

— Vous êtes des gangsters ! cria Peter.

— Je ne le nie pas.

On entra dans le chalet. Il y avait quatre fenêtres et quatre couchettes superposées deux par deux. Au milieu de la pièce, une table et des tabourets pliants.

— Asseyez-vous, commanda Thompson. J'ai préparé du café. Le petit doit avoir soif aussi. Il boira un verre d'eau.

— Il était question de me relâcher avec une lettre, dit Julie.

Thompson sourit.

— C'était pour simplifier. Il vous faudra attendre.

— Combien de temps ?

— Vous verrez bien.

— C'est quoi, votre fusil ? demanda Peter. Une Winchester ?

Thompson ne répondit pas et alla poser l'arme sur une couchette. Puis il prit la cafetière et des quarts de tôle émaillée dans le coin cuisine. On s'attabla. Le colosse blond resta debout près de la porte, les bras croisés. Il avait l'air d'un videur de bar. Ses yeux étaient porcins et imbéciles. Le chauffeur de la R 16 lui ressemblait beaucoup. Même visage de cochon rose, mêmes yeux petits enfoncés dans la viande. Il s'assit à la table et garda son chapeau.

— Vous allez me séquestrer ici, dit Julie.

Personne ne répondit. Thompson versait le café à la ronde. Il alla chercher le sucre et servit un verre d'eau à Peter.

— Vous êtes de beaux dégueulasses, dit Julie.

— Ta gueule ! cria le chauffeur.

— Ne nous énervons pas dit Thompson. Cette jeune femme n'a pas tort. Mais qui peut se vanter de n'être pas un beau dégueulasse ? Les minables ? Même pas.

— Je connais la chanson, dit Julie. Dans un monde de loups, etc., etc.

Thompson s'assit et posa ses avant-bras à plat sur la table.

— Mais c'est très vrai, fit-il d'un ton papelard. Dans un monde de loups...

Julie lui jeta son café brûlant à la figure et plongea vers la porte. Peter se précipita à sa suite. Le colosse blond cueillit la jeune fille d'un gauche au menton et elle tomba. Peter se mit à hurler et se rua vers la carabine. Au passage, sans se lever de table, Thompson attrapa l'enfant par les cheveux.

— Ne bouge pas. Ne bouge pas ou je te fais mal.

Il avait saisi une pleine poignée de cheveux roux et la tordait. Il dégouttait de café. De la main gauche, il sortit un mouchoir blanc et se tamponna le visage.

Cependant, Bibi et le chauffeur avaient empoigné Julie par les bras. Ils la remorquèrent contre la cloison, l'y adossèrent. Le colosse blond poussa un grognement et frappa la jeune fille au ventre. Elle poussa un hurlement.

— Stop ! cria Thompson. Ne la marque pas, il ne faut pas qu'elle soit marquée.

— Faut tout de même qu'elle comprenne ! ragea le colosse.

— Elle va comprendre, regardez, mademoiselle, dit Thompson.

Julie, écartelée par les deux types qui la tenaient, se convulsait de douleur et essayait vainement de replier ses genoux contre son ventre. Elle poussait de petits gémissements précipités et rauques. Thompson souleva Peter en le tenant par les cheveux.

— Regardez, voyons, mademoiselle.

L'enfant gigotait et criait. Il se mit à pleurer de toutes ses forces.

— Arrêtez ! demanda Julie.

Elle avait de la peine à tenir sa tête droite. Ses cheveux lui tombaient dans la figure.

— Vous avez compris ?

— Arrêtez ! Je vous en supplie !

— Vous avez compris ?

— J'ai compris !

Thompson posa Peter par terre sans le lâcher.

— Je peux faire pire, observa-t-il. Vous devez être sages, désormais.

— On sera sages, espèce de salaud.

Julie fut lâchée. Elle courut prendre Peter dans ses bras. Thompson lui abandonna le garçonnet qui pleurait à pleins poumons et bavait, le visage écarlate. L'homme essuya ses mains en sueur avec son mouchoir.

— J'ai horreur de ça, affirma-t-il.

DOUZE

Nénesse, le chauffeur, se chargea de cuisiner les deux repas de la journée. A midi, des steaks grillés aux fines herbes, suivis de fromage. Le soir, des sardines frites. Les gangsters avaient avec eux une dizaine de litres de vin des Corbières. Ils burent modérément. Thompson s'en tenait à l'eau. Avant chaque repas, il avalait deux capsules noires.

Pendant le déjeuner, Julie redemanda plusieurs fois du vin, et bientôt Thompson ne lui laissa plus le temps d'en redemander. Il versait libéralement dès que le verre de la jeune fille paraissait près d'être vidé.

Un petit poste à transistors bourdonnait sur le plancher. Dans le bulletin d'informations, on ne parlait ni de Peter, ni de Julie.

La jeune fille commença à dodeliner. Thompson desservit, jetant les assiettes de carton dans un sac plastique. Julie s'allongea sur une couchette. Elle avait mal à la tête et au ventre. Elle tenta vaguement de distraire l'enfant en jouant au portrait. La voix de Peter jouant était tremblante, il avait les yeux rouges. Il s'étendit contre Julie.

— Quand tu lui as jeté ton café, demanda-t-il, tu voulais te sauver avec moi ou sans moi ?

Julie secoua la tête.

— Je ne sais pas.

Peter se serra contre la jeune fille.

— Je t'aime mieux que Marcelle, chuchota-t-il.

Le colosse blond avait quitté le chalet d'un pas de flâneur. Julie supposa qu'il faisait une ronde, ou bien qu'il montait la garde sur une hauteur. Au sommet du flanc gauche de la vallée, un chaos de rochers s'élevait au-dessus des arbres, qui pouvait abriter un guetteur et lui permettre de voir loin.

Nénesse et Bibi jouaient au Cinquante sur le perron de la bâtisse. On les entendait compter les points à mi-voix, sans s'exciter.

Thompson était allongé sur une couchette, sa carabine entre lui et le mur, le long de son corps. Il regardait le plafond. Ses mains étaient croisées sur son estomac. Il avait de petits renvois discrets. Un ulcère, peut-être.

— Qu'est-ce que nous attendons ? finit par demander Julie.

Thompson s'assit au bord de sa couche, laissant pendre ses grandes jambes maigres. Il se voûtait pour ne pas heurter le plafond avec sa tête. Ses yeux étaient rouges. Les taches de café se voyaient sur sa veste et son plastron.

— Oui, au fait, j'ai une lettre à vous faire signer.

— Une lettre ?

Thompson descendit lourdement sur le plancher. Il se baissa pour fouiller sous la couchette inférieure et fourragea dans une serviette de cuir brun fatiguée. Il en tira une lettre tapée à la machine et vint l'étaler sur la table.

— Venez signer.

— Vous permettez que je lise !

— Si vous voulez.

Julie s'assit à la table. La lettre était adressée à Hartog. Il y avait des fautes de frappe. La jeune fille lut.

Monsieur. Je vous écris pour vous dire que j'ai le petit Peter avec moi. Cela m'a pris subitement de l'emmener, comme une impulsion. A présent que j'ai recouvré mon calme, il serait bien simple de revenir vers vous avec l'enfant. Précisément ce serait trop simple. Je vois clair enfin. J'ai ras-le-bol de toutes les humiliations que vous me faites subir, vous et vos semblables. Mort aux Vaches ! ! ! Mort aux riches ! ! ! J'ai le droit de profiter comme vous de l'existence. Je veux de l'argent. Si vous prévenez la police, je pendrai Peter avec une corde. Ou bien je couperai son petit corps dans tous les sens avec mon couteau. Suivez bien plutôt mes instructions, taisez-vous, attendez ma prochaine lettre que je vous explique comment me donner l'argent. Préparez un million de NF en petites coupures. N'ayez pas peur pour Peter tant que vous êtes sage.

Julie regarda Thompson. La jeune fille enfonça ses ongles dans le bois de la table. Une contraction nerveuse abaissa les coins de sa bouche et ses dents se découvrirent en un rictus de mort.

— Mieux vaut en rire, mademoiselle, je vous assure, dit Thompson en reculant vers la couchette où il avait laissé son arme. Vous ne manquerez pas d'être innocentée, en fin de compte.

— Cette lettre ! articula Julie. Cette lettre !

— Une lettre de folle, certes. Nous connaissons vos antécédents. Et vous comprenez qu'il importe de plonger Hartog dans la terreur. Vous comprenez, ou bien vous êtes effectivement une piquée ?

— Je voudrais encore un grand verre de vin.

Thompson hocha la tête. Il prit sa carabine sous son bras pour gagner le coin cuisine où il versa du vin dans un quart de tôle. Il le tendit à Julie. Elle le vida.

— Vous espérez que je vais signer ça ?

Thompson ouvrit le sac de Julie qui était posé sur la couchette, près de Peter. Il y fouilla un instant et en tira un crayon à bille.

— Vous y êtes forcée, dit-il. Vous ne voulez pas que je recommence à tirer les cheveux de l'enfant, ou que je lui arrache une oreille ou lui casse un doigt.

— Vous permettez que je réfléchisse ?

— Cela ne vous avancera pas. Je regrette. Signez.

Julie prit le crayon à bille que l'homme lui tendait.

— Vous avez tapé ça avec une machine à écrire, observa-t-elle. Vous l'avez tapé avec mon Hermès que l'autre gros con m'a volée ce matin.

— Oui, dit Thompson, c'est plus parfait ainsi.

Julie signa.

TREIZE

Pendant le dîner, les gangsters écoutèrent Europe-Soir. Toujours pas de nouvelles. Après le repas, Nénesse partit dans la R 16, avec la lettre. On ordonna à Julie et Peter de se coucher. Thompson s'allongea en même temps qu'eux, à l'autre bout de la pièce, sans se déshabiller. La nuit achevait de tomber. Bibi éteignit la lanterne à butane accrochée au plafond.

— Je prends la première garde.

Le colosse blond grogna son assentiment.

— Je sors avec toi. Je vais fumer une clope ou deux.

— Ne te couche pas tard, Coco, fit la voix de Thompson. Il faudra te lever à une heure pour la seconde garde.

Le colosse grogna de nouveau et sortit derrière Bibi. Par les fenêtres sans volets, Julie les vit circuler. Leurs silhouettes se penchèrent l'une vers l'autre. La flamme d'une allumette brilla, puis s'éteignit.

La jeune fille essaya de se détendre. Elle était pleine de vin, mais nouée. Le manque de tranquillisants se faisait sentir. Elle étendit les bras le long du corps, paumes en haut.

— Julie ! souffla Peter sur la couchette inférieure. Tu dors ?

— Non.

— Moi non plus.

— Essaie. Pense à quelque chose de joli. Pense à des fleurs.

— Je ne peux pas.

— Silence, s'il vous plaît ! cria Thompson.

Julie et Peter se turent. Au bout d'un moment, brisé de fatigue et d'émotion, l'enfant s'endormit. Mais pas Julie. Elle était bien éveillée quand le colosse blond rentra dans le chalet, éteignit sa cigarette contre sa semelle et alla se coucher à tâtons au-dessous de Thompson. Et elle ne dormait toujours pas lorsque des phares illuminèrent brièvement la vallée, silhouettant les troncs des pins, puis s'éteignant. Eclairée par ses seuls feux de position, la R 16 se rangea sous les arbres. Dans le noir, Julie ne parvenait pas à lire l'heure à sa montre. Dehors, Bibi et Nénesse échangèrent quelques phrases à mi-voix, et rirent. Ils restèrent un moment ensemble à fumer, puis l'éclairage intérieur de la R 16 s'alluma. Julie vit que Nénesse, dans l'auto, manipulait un plaid. Il s'allongea sur une banquette et éteignit.

Julie ne ferma pas l'œil de la nuit. Elle entendit le changement de garde, elle entendit Peter qui gémissait dans son sommeil, Thompson qui se levait pour aller aux latrines où il resta longtemps, poussant de petits grognements.

Thompson ne prit pas la garde. A l'aube, le colosse blond réveilla Nénesse qui dormait dans la

R 16. Il était cinq heures, il faisait juste assez clair pour que Julie puisse distinguer le cadran de sa montre. Le paysage était d'une grande beauté. A travers les vitres, Julie voyait un flanc de vallée se découper contre un ciel rouge sang. Les amas de rochers de grès et les hautes silhouettes des arbres avaient l'air de monstres pétrifiés. Le fond de la vallée devint bleu, puis jaune. Julie entendait parler les deux hommes, dehors.

— Je ne vais pas me rendormir à cette heure-ci, j'ai peur.

— Tu veux aller faire du café ?

— Je risque de réveiller Thompson.

— Qu'est-ce qu'on en a à foutre ?

— Il n'aimerait pas ça.

— Eh bien ? Qu'est-ce qu'on en a à foutre ? C'est pas lui qu'est dehors à se geler le cul.

— Vas-y, toi.

Un silence.

— Oh, je m'en fous, après tout, j'ai pas envie de café. Attends, j'ai du remontant dans la bagnole.

Remue-ménage. Julie voyait les silhouettes bouger dans l'éblouissement jaune de l'aube. Une portière grinça, claqua.

— Brrr ! Ça fait du bien !

— Ça réchauffe.

— Repasse moi-le.

Julie inclina la tête pour regarder de l'autre côté de la pièce où régnait encore une pénombre grisâtre, granuleuse. Elle rencontra le regard de Thompson, immobile, les bras le long du corps, sa carabine près de lui. La jeune fille fut certaine que l'homme non plus n'avait pas dormi de la nuit.

Peter fut éveillé par la lumière à six heures quinze et se leva aussitôt pour s'assurer de la présence de Julie. La jeune femme le hissa jusqu'à elle et le tint serré contre elle.

— Je t'aime mieux que Marcelle, dit encore Peter.

Thompson quitta son lit et alla faire du café. Le bruit réveilla Bibi qui s'assit en ronchonnant. Les frères tape-dur rentrèrent dans le chalet. Une conversation cotonneuse reprit lentement, à voix mal réveillées. La seconde journée était commencée.

Thompson servit le café et des flageolets dans des écuelles de carton. Le premier haut-le-cœur passé, cela réchauffait. Peter refusa de manger, refusa le café. Thompson lui donna un quart d'eau.

— J'en ai assez, dit l'enfant, je veux rentrer, je voudrais rentrer, pourquoi vous me faites ça ?

Il se mit à trépigner et à pleurer. Il pleura longuement, désespérément. Finalement, il n'eut plus de larmes, et, les yeux secs, il continuait à gémir :

— Pourquoi vous me faites ça ?

— Ta gueule, à la fin ! cria Nénesse.

— Oui, dit Thompson à Julie, faites-le taire, mademoiselle, il finit par nous porter sur les nerfs.

QUATORZE

Un peu après treize heures, tandis que tout le monde était attablé devant un rôti de porc, la radio parla de Peter et Julie. « C'est peut-être une nouvelle affaire d'enlèvement qui commence », annonça le chef des speakers d'un air concentré, entre deux bouts de pub. « Oui, en effet, Jacques Paoli », attaqua son voisin de micro. Et, bref, un enfant de sept ans, le petit Peter Hartog, neveu de Gérard Hartog, qui était sorti avec sa nurse dans la matinée de mercredi, n'avait pas reparu au domicile de l'industriel. La nurse non plus n'avait pas reparu, et les policiers chargés de l'enquête n'excluaient pas la possibilité d'un rapt. En effet, la nurse venait de faire un séjour dans une maison de repos. Etc... Etc. Jacques Paoli répliqua que, sur ce point, il était sans doute encore trop tôt pour se prononcer. Affaire à suivre, donc. Et on allait passer à autre chose, mais auparavant, une page de publicité. Thompson éteignit la radio.

— Finissons de manger.

Il versa du vin à Julie et lui adressa un mince

sourire. Soudain il eut un haut-le-cœur. La main sur la bouche, il se précipita dans le coin latrines. Des nausées bruyantes retentirent. La jeune fille jeta un regard circulaire aux convives.

— La police est prévenue, dit-elle. Il est encore temps de nous laisser aller. Vous savez bien que ça ne réussit jamais, les kidnappings.

— Ta gueule ! cria Nénesse.

Thompson revint, le visage tout en sueur et couleur de papier mâché. Il sortit de la serviette de cuir brun une boîte de fer et en tira des cuillerées de granulés noirs qu'il se mit à mâcher, assis au bord d'une couchette.

Julie avala son verre de vin pour se calmer. Elle sut immédiatement qu'on avait mis quelque chose dedans.

— Vous m'avez mis un somnifère ?

Elle avait un goût amer sur la langue.

— Un sédatif, dit Thompson. Mes hommes et moi, nous avons certaines choses à discuter hors de votre présence, et je ne peux pas vous laisser seule dans la maison, en pleine possession de vos moyens, même si nous ne nous éloignons que de quelques mètres. Mais n'ayez crainte. Vous allez être très ensommeillée mais ce sera tout.

Il se releva. Ses lèvres étaient noircies par les granulés.

— Pendant que vous êtes encore gaillarde, vous allez écrire un petit mot.

Julie devenait molle. Il faudra lui demander ce que c'est, son médicament, songea-t-elle paresseusement. C'est fou ce que ça vous détend ! Elle bâilla. Ses doigts la chatouillaient. Thompson posa devant elle une feuille blanche, lui mit le crayon à bille dans la main.

— Vite, mademoiselle, écrivez, au milieu de la page.

Il guida sa main.

— Ecrivez, *je vous avais prévenu...*

Julie écrivit. Du coin de l'œil, elle vit que Peter était affalé sur la table.

— Peter ! Qu'est-ce que vous lui avez fait ?

— Il dort. Rayez ce que vous venez d'écrire.

— Quoi ? Pourquoi ? Rayer ? Pourquoi ?

— Vite ! Rayez ! Ecrivez en dessous, *j'en ai marre, j'en peux plus.*

Julie écrivit. *J'ai Marre. Je Peux plus.*

— Bien.

La voix de Thompson était lointaine. Julie avait de l'eau dans les oreilles. Elle se cramponna à la table et regarda un filet de salive tomber sur sa main.

— C'est de la bave d'escargot, observa-t-elle.

On la soulevait. On la portait dehors.

— Peter...

— Restez tranquille. Détendez-vous.

— Oui docteur.

Les quatre hommes couchèrent Julie et Peter dans le coffre arrière de la R 16, qu'ils fermèrent à clé. Ils revinrent ensuite dans le châlet où ils supprimèrent toute trace de leur présence. Ils fermèrent les volets. Nénesse transporta le sac à ordures dans la voiture, l'installa sous le siège avant droit. Thompson le rejoignit avec sa carabine et le sac à main de Julie. Il démonta son arme. Il en rangea les différentes parties dans une mallette de cuir fauve, à l'intérieur de velours pourpre. Il s'interrompait fréquemment, plié en deux par une crampe. Enfin il s'intalla à la droite de Nénesse qui avait pris le volant. Bibi et le colosse blond, ayant bouclé le châlet, les rejoignirent aussitôt et prirent place à l'arrière. Les quatre hommes transpiraient abondamment.

— Plus que quelques minutes et ce sera terminé, dit Thompson.

— C'est maintenant le plus dangereux, dit Bibi.

Thompson ferma sa portière.

— Nous le savons.

— Vous êtes sûr qu'ils sont inconscients ?

— Un bœuf, à leur place, le serait.

— La fille prenait plein de pilules. Elle est peut-être immunisée. J'aimerais pas qu'elle ouvre les yeux et qu'elle nous regarde pendant la chose.

— Elle dort, je vous l'affirme.

Allongée sur le dos dans le coffre, incapable de volonté, Julie regardait au-dessus d'elle et écoutait parler les hommes.

Nénesse acheva de faire soigneusement chauffer son moteur, puis la R 16 s'ébranla, franchit le goulet, quitta la vallée. Suivant une piste sommaire, elle parcourut plusieurs kilomètres à travers une lande sableuse, couverte de bruyère, parsemée de pins et de bouleaux. Elle accéda enfin à une départementale étroite et déserte, où elle prit de la vitesse.

— Mollo, nénesse.

— Je connais mon métier.

— Déposez-moi ici, dit soudain Thompson.

Nénesse freina.

— Ici ? Ça va vous faire une trotte jusqu'à Nemours.

— Ça va me faire six kilomètres. L'air frais me fera du bien.

— Vous êtes sûr que vous ne voulez pas achever la balade avec nous ?

— Je m'en tiens au plan, dit Thompson. Je ne sais rien de cette promenade.

— Vous charriez, monsieur Thompson, dit soudain le colosse blond.

Thompson ouvrit la portière et descendit.

— Je vous retrouverai en fin d'après-midi au *Blason du Roy*. Je serai au bar à partir de seize heures.

Il prit la mallette fauve contenant sa carabine et claqua la portière.

— Au revoir messieurs, dit-il par la vitre ouverte.

Il s'en alla d'un bon pas. La voiture repartit.

— Il charrie, affirma le colosse.

— Thompson, dit Nénesse, c'est un maître. Il n'y en a pas deux comme lui. En tout cas, pas en France.

— Il n'a pas l'air bien portant, bougonna le colosse.

De nouveau, la R 16 ralentit. Elle cahota. Des branches fouettèrent ses flancs. On avait quitté la route, on se frayait un passage entre des bouleaux serrés, sur une piste étroite et envahie par la bruyère. Julie cahotait dans le coffre. Elle avait conscience de la respiration profonde de Peter, près d'elle. Elle avait mal au dos, elle était étendue sur des rouleaux de corde.

La voiture stoppa.

— Voilà, dit Nénesse, c'est ici.

Silence.

— Qui est-ce qui va le faire ? demanda Bibi d'une voix altérée.

— Nous trois, cette question !

— Ça me fait vomir. Un gosse...

— Moi aussi, dit le colosse blond, ça me fait vomir. Nénesse, si ça ne te fait pas vomir, fais-le, toi.

— Je vais vous dire ce qu'on va faire, annonça le chauffeur. On va le jouer aux dés. Vite fait. Le premier As qui sort. O. K. ?

— C'est juste.

Julie entendit battre les portières. Nénesse sortait des dés de sa poche. De la main, il balaya la poussière du chemin. Le dé ricocha sur la terre sèche.

— Cinq. A qui le tour ?

— Donne, dit Bibi.

— As !

— C'est pas juste, dit Bibi, Coco a pas jeté.

— C'est dit, c'est dit, fit Nénesse. Mon frère et moi, on va fumer une clope à côté.

Les deux hommes se détournèrent et s'éloignèrent à travers les troncs et les buissons. Bibi alla ouvrir le coffre de la voiture. Julie avait fermé les yeux. A travers ses paupières, le soleil lui fit mal.

Bibi la bouscula comme un sac pour sortir du coffre les cordes. Il y en avait deux. Le jeune homme confectionna un nœud coulant à l'extrémité de chacune d'elles, puis se dirigea vers un gros rocher rond tout contre lequel s'élevait un bouleau. L'endroit avait été repéré à l'avance. Bibi savait exactement ce qu'il devait faire. Il escalada le rocher, se pencha, et fixa les cordes à une fourche du bouleau. Les deux nœuds coulants pendirent le long du tronc, à environ deux mètres au-dessus du sol. Le jeune homme essuya la sueur qui lui dégoulinait dans les yeux. Il descendit du rocher et rejoignit la voiture. Il jeta un regard circulaire. Entre les troncs serrés, et enrubannés de plantes parasites, il ne distinguait plus les frères.

— Ohé ! cria Bibi aux arbres. Aidez-moi au moins à monter la fille sur le rocher !

— Des clous ! répondit la voix de Nénesse, paisible, à une trentaine de mètres.

— Salauds, fit Bibi sans conviction.

Il se pencha et prit maladroitement Julie à bras-le-corps. La jeune fille était lourde et molle. Il la fit tressauter pour assurer sa prise sur elle et la transporta jusqu'au rocher rond. Il l'accota contre le grès, puis la prit aux hanches pour la hisser devant lui. C'était coton, mais il y arriva. Le rocher était en pente douce. Le site était plutôt pratique pour une pendaison.

Bibi acheva de hisser Julie, se hissa lui-même. Passer la boucle autour du cou de la jeune fille. La pousser dans le vide, la laisser se balancer. Elle ne reprendrait pas pied sur le rocher. C'était facile. Ne pas oublier de jeter par terre le bout de lettre griffonné qui disait, *J'ai Marre. Je Peux plus.*

Bibi se pencha pour soulever de nouveau Julie. Elle lui soufflait dans le cou une petite respiration courte et tiède. Le jeune homme avait des contractions nerveuses dans les muscles des jambes. Le corps de sa victime frottait contre le sien. Il poussa un gloussement nerveux en sentant qu'il lui venait une érection.

Sur ces entrefaites, Julie bougea la main droite. Elle tâtonna brièvement contre la poitrine de Bibi. Elle saisit le MAB dans la poche intérieure du caban et tira une balle à travers le jeune homme.

QUINZE

Le projectile de 9 mm entra sous les côtes de Bibi, fit éclater le foie et ressortit par la fesse. Le petit gangster tomba en arrière en hurlant. Il dégringola du rocher et atterrit sur le dos dans la bruyère. Julie sauta à sa suite et se retrouva à quatre pattes sur lui. Bibi tressaillait et criait. La jeune fille courut en trébuchant jusqu'à la voiture. Elle n'y voyait pas très clair, elle avait le vertige. Elle fut émerveillée de voir que Peter dormait à poings fermés. Elle saisit l'enfant dans ses bras et l'emporta endormi.

Cependant, le premier instant de stupeur passé, les frères déboulaient comme des taureaux à travers les halliers. Ils surgirent près de la voiture et virent Bibi couché par terre et Julie qui disparaissait dans la verdure.

— Elle l'a descendu ! cria Coco.

— Reste avec lui.

Nénesse fonça à la poursuite de Julie. Il ne voyait plus la jeune femme. Des branches lui fouettaient les yeux. Il l'entendait se frayer un chemin. Elle n'était pas à plus de vingt-cinq mètres. Tout en courant, Nénesse sortit son revolver, un Ruby espagnol. C'était un réflexe. Il savait qu'il ne fallait pas abattre la jeune fille. Il importait de les prendre, elle et le gosse.

Juste à ce moment, il les aperçut. Julie courait, l'enfant dans les bras. Elle trébuchait et se cognait aux arbres. Sa silhouette était indistincte dans les fourrés. Elle disparut de nouveau. Nénesse força l'allure. La silhouette réapparut. Elle s'était arrêtée. Elle ne pouvait lui échapper. Nénesse ricana et il eut l'impression qu'on lui enfonçait une tringle dans le thorax, il entendit claquer un coup de pistolet, tomba à quatre pattes, perdit son revolver.

— C'est trop con ! s'exclama-t-il.

Il était en état de choc. Il se palpa. Il avait un trou dans le flanc. Il était couché sur le côté. Il entendit la voix de son frère.

— Tu es là, nom de Dieu ! Qu'est-ce que tu fous ? Ça fait dix minutes que je t'appelle ! Où est la fille ?

— Aide-moi à me relever, dit Nénesse. Cette jeune conne m'a planté une balle dans la poitrine.

SEIZE

Julie était loin. Elle était essoufflée. Elle ne courait plus, sauf pour franchir de brèves portions de terrain découvert. Elle se trouvait en pleine nature. Le bois se clairsemait pour faire place à des ondulations de terrain sableux, parsemées de chaos de rochers que surplombaient des pins. Dans les combes s'amassaient de grandes quantités de fougères. On n'apercevait aucune trace d'occupation humaine.

Au fur et à mesure que la jeune fille marchait, sa tête s'éclaircissait. Elle claquait des dents. Elle devait résister à l'envie de se coucher pour dormir. Peter était toujours inconscient dans ses bras. Julie avait mal aux épaules, et dans les jarrets, et aux pieds. Ses chaussures n'étaient pas faites pour la marche. Elles étaient pleines de sable et de fragments de bruyère qui démangeaient les orteils de la jeune fille. Son collant fumée était en lambeaux. Il était trois heures de l'après-midi. Il faisait un beau soleil, mais un front nuageux arrivait de l'Ouest.. Julie s'orientait au soleil. Elle marchait vers l'astre.

Tout en soutenant le garçonnet, elle tenait à la main le pistolet automatique. Il lui était difficile de croire qu'elle avait abattu deux hommes. Cette idée la plongeait dans l'hilarité. Epuisée, la jeune fille s'arrêta à l'ombre d'un bouquet de pins, le dos à un rocher, sur un tertre d'où l'on voyait loin. Elle reprit haleine. Elle s'occupa de Peter. Allongé sur le dos dans le sable, le garçonnet dormait la bouche ouverte. Julie le secoua sans obtenir de réaction. Elle lui souleva les paupières. Il avait les yeux légèrement révulsés. Il secoua la tête dans son sommeil. Il n'était pas exactement dans le coma mais il dormait très profondément, irrépressiblement, et il n'y avait rien d'autre à faire qu'attendre. Avec une branche morte, Julie traça dans le sable, devant elle, un grand cœur à l'intérieur duquel elle inscrivit : ICI VÉCUT JULIE LA CHIENNE ENRAGÉE.

La jeune fille avait soif. Au bout d'un moment, elle se remit en marche, portant Peter. Elle oublia le MAB dans le sable. Elle traversa une lande moins aride. Les bouleaux redevinrent nombreux. Julie pénétra enfin dans un véritable rideau d'arbres. Elle le franchit et se retrouva au sommet d'une pente assez aride. Une vallée s'ouvrait à ses pieds. Au fond se voyaient les maisons grises d'un bourg. Une route traversait le village. Julie se mit à descendre. En cours de route, prenant conscience de son apparence, elle s'arrêta derrière un rocher pour enlever son collant déchiré et débroussailler ses cheveux. Pendant ce temps, le ciel se couvrait. En approchant du village, Julie entendit par les fenêtres ouvertes des maisons la radio qui transmettait le reportage en direct d'un match de football comptant pour la coupe d'Europe des clubs. La jeune fille atteignit la limite des jardinets cultivés derrière les maisons. Elle enjamba une clôture de grillage, suivit un sentier pierreux et se retrouva dans la rue principale, qui était également la route.

Julie s'attendait un peu à ce que tout un chacun se précipite vers elle pour l'acclamer ou l'interroger. Mais les deux ou trois passants qu'elle vit ne lui accordèrent aucune attention. Quant aux jeunes gens attablés à la buvette, ils regardèrent les jambes de l'inconnue. L'un d'eux siffla. Le port droit, Julie continua sa marche.

Elle s'arrêta devant la Mercerie-Tabac-Journaux à la devanture émaillée. *France-Soir* était affiché sur un panneau de contreplaqué et la photo de Julie était en première page. Une mauvaise photo vieille de plusieurs années. *La nurse du petit Peter venait de suivre un traitement psychiatrique*, lisait-on en caractères moyens, et en dessous, en plus petit, *Elle disparaît avec l'enfant (page 3).*

Julie n'entra pas acheter le journal. Elle s'éloigna vivement, se figea soudain. De l'autre côté de la route, à l'extrémité du village, à cinquante mètres de Julie se détachait l'enseigne tricolore de la gendarmerie nationale. Sur ces entrefaites, il se mit à pleuvoir. Il était simple de courir vers le bâtiment, s'y abriter de la pluie, s'y remettre aux mains de la police aux fortes cuisses. Julie virevolta au bord du petit trottoir. Une voiture arrivait à travers l'averse. La jeune fille tendit le bras, pouce en haut. Tiens, constata-t-elle, j'ai perdu mon pistolet. L'auto, une 204 bleu clair, stoppa en faisant jaillir des éclaboussures. La portière s'ouvrit. Le conducteur était un quadragénaire rubicond.

— Montez. Pithiviers ?

— Oui, oui, dit Julie, je vais à Pithiviers.

DIX-SEPT

Marchant d'un bon pas à travers la nature, emplissant ses poumons d'air frais, mais torturé par des crampes, Thompson avait couvert malaisément les six kilomètres qui le séparaient de Nemours. Il commença par aller chercher sa Rover grise dans le garage où il l'avait parquée. Il rangea la voiture sur la place de la ville, retira du coffre une petite valise et prit une chambre pour une heure dans une auberge. A seize heures, rasé de près, vêtu d'une chemise blanche à col roulé et d'un complet de sport feuille-morte, l'homme s'installait au bar du *Blason du Roy*. Il avait le teint blafard. Les crampes ne cessaient pas. Le front de Thompson était couvert de sueur froide. Il consulta sa montre. A cette heure, ses victimes devaient être pendues. Il se représenta la scène, les deux corps gigotant sans reprendre conscience au bout des cordes, leur langue qui sortait, énorme, noire et obscène. Ses douleur se calmèrent un peu. Le barman se penchait vers Thompson d'un air inquiet. Le tueur agita vaguement les mains, résistant à l'envie de briser les vertèbres cervicales du loufiat. Il se fit servir un Campari qu'il noya dans l'eau gazeuze. A la première gorgée, il fut pris de nausées effroyables. Il se précipita dans les toilettes et y vomit une quantité surprenante de sucs acides. Il retourna au bar. Le serveur le regardait.

— Vous êtes souffrant, monsieur ?

Thompson secoua la tête, les lèvres serrées. Le serveur n'insista pas et vaqua à ses affaires mais, de temps en temps, il jetait au tueur immobile un coup d'œil soucieux. Thompson ne touchait plus à son verre.

Coco entra dans le bar. A présent, songea Thompson, je vais me sentir mieux. Il va me raconter comment ils sont morts et je n'aurai plus mal, je mangerai. Il dévisagea le colosse blond et comprit tout de suite que quelque chose n'allait pas.

— Venez vite, dit Coco.

Thompson descendit de son tabouret et posa une pièce de cinq francs sur le comptoir. Il n'attendit pas sa monnaie.

Dehors, il pleuvait à verse, c'était un orage soudain. Coco et Thompson coururent jusqu'à la R 16. En courant, Thompson renversa la tête en arrière pour recevoir la pluie dans la bouche. Les deux hommes montèrent à l'avant de la voiture. Nénesse était assis à l'arrière, une Celtique au bec, un imper sur l'épaule, un imper qui pendait bizarrement sur sa poitrine, comme une toge.

— Vous êtes blessé ? demanda aussitôt Thompson. Où est Bibi ?

— Bibi est mort, dit Coco. Nénesse a une balle

qui est entrée dans le flanc et ressortie. C'est pas grave. Mais la fille et le gosse se sont tirés.

Voilà pourquoi je souffre !

— Que s'est-il passé, grands dieux ? demanda Thompson à haute voix.

— C'est la fille, on était en train de la pendre, voilà qu'elle se réveille, Bibi la tenait, il a été surpris, elle lui a pris son arme et elle l'a tué.

— Et puis ?

— La fille et le gosse se sauvent. On était pour les rattraper, Nénesse et moi, mais il me dit de m'occuper de Bibi, et l'instant d'après j'entends tirer. Dans les broussailles, on ne voyait rien, il m'a fallu plusieurs minutes pour que je retrouve mon frère. Elle l'avait blessé comme je vous dis. Je savais plus du tout où elle était, la fille. J'ai cherché, je vous jure, mais elle avait pris de l'avance.

— Le gosse était réveillé aussi ?

Coco eut l'air gêné. Il lécha ses grosses lèvres. Sa langue était couverte d'écume.

— A moitié, dit-il. Pas complètement. La fille s'est tirée pour ainsi dire en le traînant.

— Je ne comprends pas comment c'est possible, dit Thompson. Qu'avez-vous fait de Bibi ?

— Il était pas mort sur le coup, on a attendu un moment, on regardait si on pouvait faire quelque chose, mais il avait le foie traversé. Ça servait à rien d'attendre. Nénesse m'a dit de lui faire le coup du lapin et on l'a enterré.

— Sur place ?

— Ben oui.

— Stupide ! dit Thompson. La fille n'aura qu'à mener les policiers sur le terrain. Ils trouveront la tombe. Ils mettront moins longtemps à la croire. Stupide !

— Il faut les mettre, intervint Nénesse. On est venu vous dire. A présent, on se tire.

Les yeux de Thompson lancèrent des éclairs. Sa moustache trembla.

— Quand je le dirai ! souffla-t-il violemment. Vous avez salopé le travail. Vous avez des comptes à rendre.

— L'argent qu'on a touché, dit Coco, on le garde. On regrette bien, monsieur Thompson, mais on a pris nos risques. Si ça a foiré, c'est parce que la fille était pas bien endormie.

Il regarda Thompson droit dans les yeux.

— C'est votre faute, conclut-il.

A l'arrière, Nénesse bougea vaguement le bras sous l'imperméable et Thompson devina le revolver braqué sur lui à travers le tissu. La pluie tambourinait frénétiquement sur la tôle du toit.

— A quoi songez-vous ? fit Thompson avec mépris. Vous voulez déclencher une fusillade ici ? Vous me décevez profondément. Je vais vous dire ce que nous allons faire.

— Monsieur Thompson, c'est inutile...

— Taisez-vous ! Vous allez regagner votre domicile. Votre frère fera soigner sa blessure. Je vais contacter mon client. Je reviendrai vous dire si l'on exige ou non le remboursement des sommes déjà versées. N'ayez pas trop d'espoir. Vous êtes en faute.

— Vous non plus, Thompson, n'ayez pas trop d'espoir, grinça Nénesse. Rapport au remboursement.

— Il est inutile d'en discuter pour le moment,

dit Thompson. Au revoir, messieurs. Je reprendrai contact avec vous chez vous, au plus tard demain soir.

L'homme sortit de la Renault. Il demeura un instant immobile, les épaules voûtées sous la pluie qui trempait son costume. Puis il marcha vivement jusqu'à sa Rover et mit en route.

DIX-HUIT

Après l'orage, le soleil brilla de plus belle entre des bancs de nuages qui galopaient vers l'est. Les chaussées brillèrent. L'automobiliste rubicond chantonnait en conduisant.

— Il dort drôlement, votre gosse, dites-donc, mince ! Quel roupillon ! Haha ! C'est votre enfant ?

— Non, dit Julie en prenant un accent, c'est le fils cadet de ma patronne.

— Vous êtes française ?

— Non, je suis une Anglaise.

— J'avais deviné à cause de votre teint. Un teint de lys et de rose, vous comprenez ?

— Qu'est-ce que c'est un lys ?

— C'est une fleur blanche, symbole de la pureté et de la beauté.

— Oh !

— Un teint de lys et de rose, c'est une expression poétique pour dire un beau teint d'Anglaise.

— Oh ! Je vois.

— Les hommes doivent vous faire la cour, en France, non ?

— Ils me font en Angleterre déjà.

Julie s'amusait comme une petite folle avec la syntaxe. Elle imagina des hommes qui lui faisaient la cour. Elle leur tirait dedans. Je suis dans une période d'exaltation, pensa-t-elle.

— Oui, mais les Français, dit l'automobiliste rubicond, qu'est-ce que vous en pensez, des Français, de leur manière de faire la cour ?

— Je ne sais pas. Certains sont rudes.

— Rudes ? Brutaux, vous voulez dire...

— Non. Rudes. Ils me disent des cochonneries !

Ce qui fit rêver l'automobiliste.

— Ben, vous comprenez, une fille en short, forcément. Vous venez de Londres ? Vous êtes étudiante ?

— A Oxford, affirma Julie, j'étudie la science économique.

— Voyez comme ça se trouve ! s'exclama l'homme avec enthousiasme. Moi, je suis vendeur. Je pourrais vous en raconter sur la science économique ! Vous n'allez pas plus loin que Pithiviers ?

Julie s'étira dans son siège. Elle faisait jouer les muscles de ses cuisses.

— Vous allez plus loin, vous ?

— Je m'arrête cinq minutes, le temps de voir un client, puis je continue. Vous allez sur où ?

— Je descends vers le sud.

— C'est parfait, ça. Moi, je vais sur Sully, et ensuite Bourges, ça vous avancerait.

Julie regarda l'homme. Il portait un complet bleu à fines rayures. Son visage était carré et rougeaud, ses cheveux bruns bouclaient sur son front. Il avait de petits yeux derrière des lunettes rectangulaires, et de grosses lèvres. Il était porcin.

— Vous êtes un aimable homme, dit Julie.

De la main droite, elle donna une petite tape affectueuse sur l'épaule de l'automobiliste, puis elle appuya sa main à plat contre la poitrine de l'homme et fit crisser ses ongles contre le drap du veston. L'automobiliste devint rouge comme une betterave. Un sourire idiot germa sur ses lèvres. Julie retira sa main. L'homme, rouge et suant, continua à conduire en jetant à la jeune femme de fréquents regards de biais. Il se demandait si c'était du lard ou du cochon. La transpiration s'accumulait comme de la bave dans ses boucles luisantes.

— Ne pourrions-nous arrêter un peu ? demanda Julie.

— Arrêter ? S'arrêter ? Oui, bien sûr ! Pourquoi ?

— Là ! cria Julie. Un chemin de terre !

Elle le désignait du doigt. La 204 freina brusquement, braqua, s'engouffra dans le chemin de terre en cahotant.

— Arrêtez ici.

La voiture stoppa. Le conducteur tira sur son frein à main. Il jeta un coup d'œil furtif à Peter qui dormait sur la banquette arrière. Julie ouvrit la portière.

— Attendez une minute, je vous prie.

La jeune femme descendit. A travers le pare-brise, l'automobiliste, la regardait d'un air indécis, un sourire imbécile aux lèvres. Il vit la jeune fille disparaître derrière une haie. Est-ce qu'elle va pisser ou bien mettre son diaphragme, se demandait l'homme. Il était tout frémissant d'appréhension. Julie ressurgit soudain. Elle agitait un bras, bizarrement.

— Apportez votre manivelle de cric ! cria-t-elle.

L'automobiliste ouvrit la portière de son côté et se pencha à l'extérieur de son véhicule.

— Qu'est-ce qui se passe ?

— Vite ! Votre manivelle ! Apportez votre manivelle de cric !

— Mais pourquoi ? Oh, et puis merde, dit l'homme.

La manivelle à la main, il rejoignit Julie en courant. Il avait les jambes courtes et son pantalon flottait autour de ses grandes fesses. Julie était pliée en deux et scrutait quelque chose à l'intérieur de la haie. L'automobiliste contempla ses jambes écartées.

— Donnez ! Vite ! Elle est encore là !

L'automobiliste sentit que Julie lui arrachait la manivelle des mains. La jeune fille désignait frénétiquement la base de la haie.

— Là ! Là !

Il se pencha, déboussolé. Julie lui abattit la manivelle sur le crâne. Je m'en doutais, songea-t-il en tombant à quatre pattes.

— Porc ! Cochon ! Dégueulasse ! lui dit Julie.

Il essayait de se relever. Julie le frappa au front. Le cuir chevelu se fendit. Le sang pissa sur le visage de l'honnête homme.

— Arrête ! supplia-t-il.

Julie le cogna encore deux fois. Il s'affala dans la poussière du chemin. Il geignait. Il était à peu près inconscient. Il tenta de saisir une cheville de Julie pour la porter à ses lèvres, ou bien pour faire tomber la jeune fille, il ne savait plus. Un dernier coup de manivelle l'assomma. Il ne bougeait plus. Julie le fouilla. Il portait sur lui un paquet de Gitanes-filtres entamé, une boîte de préservatifs, un carnet à souches, un stylo-bille en argent, de la menue monnaie en vrac. Dans son portefeuille Julie trouva divers papiers au nom d'Emile Ventrée, et cinq cents francs. Elle glissa l'argent dans son short. Puis elle enleva les chaussures d'Emile Ventrée et les jeta au loin. Elle lui arracha son pantalon et son caleçon et les déchira soigneusement. Elle regagna la voiture. La clé de contact était restée en place. Peter dormait toujours d'un profond sommeil. Julie démarra, regagna la route et s'éloigna vivement. Moins d'une heure plus tard, la 204 pénétrait sur l'autoroute du Sud à Courtenay. Elle prit la direction de la Méditerrannée.

DIX-NEUF

Thompson, vêtu de son complet humide de pluie, avait mis sa Rover au parking d'Orly et pris un avion-taxi. Un autre avion-taxi le ramena à Orly dans la matinée du lendemain. L'homme prit pour une heure une chambre au *Hilton*. Il fit nettoyer et repasser ses deux costumes. En attendant, assis dans sa chambre, vêtu d'un peignoir d'éponge bleu et marron à rayures, il buvait de la Vittel et allait aussitôt vomir dans le lavabo. Sa peau avait pris une teinte livide, ses yeux étaient injectés de sang, ses nausées dégénéraient par instants en quintes de toux irrépressibles, épouvantables. Il tremblait. Il avait le nez bouché et très sec. Sa peau était brûlante. Il prit une douche et se mit à claquer des dents.

Dès qu'on lui apporta ses vêtements nettoyés, Thompson se hâta. Il revêtit le costume tabac sur une chemise gris fer à col roulé. Il régla sa note, récupéra la Rover et fonça vers Paris. A cause des nausées, il éprouvait de grandes difficultés à conduire. Il quitta le boulevard périphérique par la porte Brancion et pénétra dans Malakoff. Non loin de la voie de chemin de fer, dans une ruelle crasseuse où l'herbe sourdait entre les pavés, Thompson se gara devant un pavillon lépreux flanqué d'une cour et d'un hangar rouillé. L'homme descendit, alla sonner à la grille. Les trottoirs défoncés étaient parsemés d'ordures, de débris textiles et métalliques. Des chats errants s'y faufilaient. Une inscription ancienne, à demi effacée disait RIDGWAY A LA PORTE. Le visage de Thompson était contracté.

La grille s'ouvrit et Thompson ne se détendit pas en voyant devant lui Coco, vêtu d'un bleu de mécanicien.

— Il faut que je rentre ma voiture.

Coco scruta la rue d'un air méchant.

— L'argent ? Qu'est-ce qui a été décidé ?

— Je vous en parlerai.

Thompson regagna la Rover. Coco lui ouvrit les deux battants de la grille et la voiture pénétra dans la cour où se voyaient des roues sans pneus, des lessiveuses éventrées, une cabine de camion Dodge et une Buick Roadmaster assise sur ses jantes. Coco referma derrière la Rover. Il demeura immobile, jambes écartées, poings sur les hanches, tandis que Thompson mettait pied à terre en toussant.

— Comment va votre frère ?

— Ça peut aller. Vous voulez le voir ?

— Oui.

— Haha ! Toujours prudent, monsieur Thompson.

— Ne soyez pas idiot. Nous avons à parler.

Coco eut une moue dubitative et précéda Thompson sur un escalier raide et court surmonté d'une marquise de verre. Le verre était fêlé en plusieurs endroits. Le décrottoir, au sommet de l'escalier, disparaissait sous une épaisse couche de boue séchée.

Nénesse les accueillit dans l'entrée du pavillon. Depuis la veille, il ne s'était manifestement ni rasé, ni lavé. Un blue-jeans trop serré soulignait son volumineux appareil génital. Sous son tricot de corps à bretelles se voyait la légère enflure d'un pansement. Il sentait mauvais, il sentait le saucisson, il tenait pointé devant lui un fusil Tarzan à canon scié. Thompson ferma la porte derrière lui.

— Je viens pour une discussion amicale, dit-il, je ne peux pas admettre ça.

Nénesse hésita, puis mit son fusil la crosse en l'air dans le porte-parapluies.

— Ça n'engage à rien, observa-t-il. Vous voulez boire une goutte ?

Thompson secoua la tête. Les trois hommes accédèrent à un salon petit-bourgeois, aux meubles mastoc sur un parquet ciré. Par la fenêtre aux rideaux de cretonne, on avait vue sur la voie ferrée. On s'assit autour d'une table recouverte de toile cirée. Coco sortit une bouteille d'eau-de-vie de poire d'un buffet hideux, et trois verres minuscules. Il versa à la ronde. Thompson ne protesta pas.

— Votre blessure ?

— Ce n'est rien. C'est propre. Et puis c'est pas la première fois.

— Je suis content pour vous, dit Thompson. Maintenant il se passe une chose. J'ai besoin d'un chauffeur. Je poursuis le travail sur de nouvelles bases. J'ai vu mon client. Il est extrêmement mécontent. Il est même dans une rage folle. La discussion était mal partie, puis des faits nouveaux sont intervenus. Vous avez écouté les nouvelles ?

— Oui, dit Coco. Ils ne disent rien, au poste.

— Justement. La fille n'est pas allée à la police. Elle s'est tirée. Et moi, dit Thompson, il faut que je la tue.

Il crispait ses mains sur son estomac.

— Elle s'est tirée ? répéta Coco.

— Hier après-midi — mais nous ne l'avons su que dans la nuit — elle a agressé un automobiliste qui l'avait prise à son bord avec l'enfant. Elle l'a assommé à coups de cric. Elle lui a volé son portefeuille et sa voiture. Et la voiture a été retrouvée vide, en panne sèche, sur un parking de l'autoroute A 6, à quarante-cinq kilomètres au nord de Lyon.

— Elle est dingue ! s'exclama Coco.

— Oui.

Coco secouait la tête.

— D'où tenez-vous vos informations ? demanda Nénesse.

— Mon client, dit Thompson, les tient directement de la police, au sein de laquelle il a des amitiés.

— Et qu'est-ce qu'il veut qu'on fasse ?

— Il veut que je la retrouve avant la police, et que je la tue. Et j'ai besoin d'un chauffeur. Je ne peux plus conduire. Je suis malade.

— Votre client, ce qu'il demande, dit Coco, c'est infaisable.

Thompson grimaça.

— Non. Il faut que je la tue. Et le gosse. Il faut.

Les frères se regardèrent. Thompson était siphonné, c'était visible. D'un autre côté, ça représentait du blé.

— Il paie toujours deux briques par tête, votre client ?

Thompson hocha la tête.

— On peut essayer, dit Nénesse.

— J'ai seulement besoin d'un chauffeur. Seulement besoin de Coco. Vous êtes blessé.

— Nénesse et moi, dit Coco, on fonctionne ensemble ou pas du tout.

— Bon, bon, fit Thompson.

Il frottait ses yeux rougis. Il soupira.

— Un avion-taxi nous attend. Je vous expliquerai en roulant, pour les détails.

Il se leva brusquement. Sa chaise tomba derrière lui. Il aperçut un sac de femme, par terre contre un mur. Il se baissa et le ramassa.

— Abrutis, dit-il doucement, presque dans un murmure. Abrutis. Le sac de la fille. Il faut le détruire. Je l'emporte.

Il marcha vers la sortie. Les frères vidèrent leur verre et se levèrent.

VINGT

Pour la deuxième nuit consécutive, Julie n'avait absolument pas dormi.

Peter s'éveilla à six heures du matin, après avoir dormi dix-sept heures. Son sommeil avait progressivement cessé d'être anormal, à partir de minuit. En s'éveillant, l'enfant poussa un cri. Julie sauta à bas de son lit et se hâta vers le garçonnet. Il s'était dressé sur son séant. Il regardait sans comprendre la pénombre grise de la chambre.

— Je suis là. N'aie pas peur.

Peter noua ses bras autour du cou de la jeune fille, serra de toutes ses forces, l'étranglant à moitié.

— Où sommes-nous, Julie ? Où sont les sales types ?

— Chut ! Nous sommes dans un hôtel. Nous nous sommes sauvés.

— Ils nous poursuivent ?

— Non.

— La police les a attrapés ? Tu as alerté la police ?

Julie se dégagea en frissonnant. L'enfant scruta la chambre. Elle était très grande, avec des murs crépis de blanc, et une table de toilette ancienne et rustique, en bois, avec un lavabo encastré et une cruche, une grande glace ovale montée sur un axe horizontal, entre deux piliers de bois.

— La police ! répéta Peter. Alors ?

— Je ne suis pas allée à la police.

— Pourquoi ?

Julie secoua la tête avec exaspération et ses cheveux noirs volèrent autour de son cou blanc.

— T'es toute nue, observa Peter avec intérêt.

— Je m'habille. Habille-toi aussi. On va prendre le petit déjeuner.

— Et la police, alors ?

Ah ! le petit salaud, le bougre de petit salaud, mais non, songea Julie, c'est moi qui suis cinglée.

— Je ne suis pas allée à la police parce que j'ai peur de la police, je déteste la police, police, police, police, là ! Voilà ! Là ! ragea Julie à mi-voix.

— Pourquoi ?

— Oh seigneur ! s'exclama la jeune fille en s'asseyant au bord de son lit.

Elle ne savait pas si elle allait se mettre à pleurer ou éclater de rire. Dans le doute, elle enfila son short et son T-shirt maculé de sueur. En quittant la 204, elle avait encore fait des kilomètres et des kilomètres avec Peter dans les bras, par des sentiers, de petites routes, à travers champs, dix kilomètres, vingt kilomètres, elle ne savait pas. Elle avait la tête lourde. Toutes ses articulations la faisaient souffrir.

— Je suis un ancien bandit, dit-elle involontairement, et elle regarda Peter avec inquiétude pour voir l'effet que ça lui faisait.

Il gloussa.

— C'est même pas vrai.

— Si. J'ai fait de la prison.

— Pourquoi ? Pour meurtre ?

— Habille-toi.

Derrière les contrevents, il faisait clair. Depuis que Peter avait prononcé le mot *police*, Julie étouffait dans la pénombre de la chambre.

— Je veux que tu m'expliques ! cria l'enfant. Quand est-ce que je me suis couché ?

La jeune fille prit sa tête à deux mains.

— Tu veux vraiment comprendre ? Tu veux voir les choses comme elles sont ? Je suis une évadée. Tu me crois ?

— Bien sûr, dit Peter. Comme le Proscrit. Il faut que tu prouves ton innocence.

— Voilà, soupira Julie.

— De quoi es-tu accusée ?

— De meurtre. Tu es content ?

— Moi, je te fais confiance, affirma Peter.

— Alors, habille-toi.

La jeune fille aida l'enfant.

— Comment tu vas faire pour prouver ton innocence ?

— Nous allons rejoindre l'oncle Hartog, dit Julie, et je lui expliquerai tout.

Elle demeura un instant la bouche ouverte.

— Je ne sais pas ce que je dis, observa-t-elle. Je suis niaise, je suis terriblement confuse, c'est idiot. Il faut que nous allions à la... police. Je ne sais pas quoi faire.

— Attache-moi mes lacets, suggéra Peter.

Au-dehors, à travers les fentes des contrevents, monta le bruit discret d'une voiture au ralenti qui venait stopper sur le parking sablé de l'hôtel. Julie courut à la fenêtre. Par les fentes, elle distinguait le toit d'une 403 noire. Des imperméables bleu clair en sortaient. L'un d'eux leva la tête pour considérer la façade. C'était un homme jeune aux cheveux en brosse. Il avait les mains dans les poches. Il fumait une cigarette.

— Tout le monde dort, dit-il.

— Merde, répondit un autre imper. Le soleil est levé. Je suis levé. Allons-y.

Le jeune homme baissa la tête. Les deux impers disparurent du champ visuel de Julie. Un instant plus tard, la jeune fille entendit résonner longuement la sonnette de la porte d'entrée, en bas.

— Les flics, dit Peter.

— Foutons le camp, dit Julie.

Elle prit l'enfant par la main. Ils sortirent dans le couloir. La sonnerie devint plus distincte. Des pas résonnaient au rez-de-chaussée.

— Voilà, voilà, on arrive.

Julie était couverte de sueur. Elle enfila le couloir au pas de course, longeant des portes fermées. Une fenêtre s'ouvrit sur un toit de tôle ondulée. Au loin moutonnaient des montagnes vertes et trapues, couvertes de forêts, empanachées de brouillard. Julie sauta sur le toit de tôle. Peter riait. L'enfant et la jeune fille dévalèrent. L'appentis n'était pas très haut. Julie sauta, Peter dans les bras, manqua se tordre la cheville en atterrissant dans une cour flanquée d'étables. Un coq poussa un cri horrible. Les fuyards dérapèrent dans la bouse, enfilèrent un sentier entre des murets de pierre, débouchèrent sur une pente couverte de genêts. L'herbe rase, graissée par la rosée, dérapait. Julie glissa, tomba, roula avec Peter à travers les genêts. Ils se relevèrent, franchirent un rideau d'arbres, se retrouvèrent sur une boucle de la route en contrebas de l'hôtel. Un gros car Chausson surgit au virage. Julie agita le bras. Le véhicule freina, stoppa. Julie et Peter montèrent.

— T'as de la chance d'être mignonne ! s'exclama le conducteur en blouse blanche.

La porte se referma dans un vacarme pneumatique et le car dévala la pente. A l'intérieur, cela sentait le chien mouillé. Des paysans somnolaient sur des banquettes éraillées, le chapeau sur la tête, des paniers sur les genoux. Julie s'assit. La tête lui tournait. Elle avait un goût métallique dans la bouche. Le car vibrait dans une interminable succession de virages en lacets...

... Et le conducteur tapait sur l'épaule de Julie.

— Vous n'êtes pas bien ?

La jeune fille posa un regard abasourdi sur la place plantée d'arbres où le car était garé.

— J'ai dormi, dit-elle avec stupeur.

— Terminus. Cinq francs cinquante.

Julie paya. Ils descendirent, elle et Peter. Ils s'éloignèrent, quittèrent la place, avisèrent un café désert, s'installèrent à la terrasse. Julie commanda un grand crème et un grand chocolat. Le café n'avait pas de croissants.

— Attends-moi une seconde, dit Julie à Peter.

Il y avait une boulangerie à deux pas et un tabac juste à côté. La jeune fille revint à sa table avec des croissants, des cigarettes et des journaux.

Pendant que Peter mangeait, Julie alluma fébrilement une Gauloise et feuilleta les canards. Elle avait encore droit à un titre de moyenne importance, mais le texte d'accompagnement était bref. A l'évidence, les journalistes n'avaient pas d'informations nouvelles. Ils devraient titrer : LE FILET SE RESSERRE, mais quand c'est vrai, ils ne l'impriment pas, songea Julie avec une petite crispation de la lèvre. Sa nuque lui faisait mal.

Les journalistes brodaient sur Hartog, « jeune financier », « ascension météorique », « bien des envieux ».

Il est en ce moment impossible de joindre l'industriel, lut Julie. *Selon certaines sources, M. Hartog, qui est revenu précipitamment de Munich en apprenant la disparition de son neveu, aurait quitté Paris de nouveau afin de se soustraire à la publicité pendant le déroulement des recherches.*

— Evidemment, murmura Julie, il est à la Tour Maure.

Elle se sentait confirmée dans son projet, encouragée. Sûrement, elle n'était pas très loin de la maison fabuleuse, du labyrinthe montagnard. Y arriver. Se jeter aux pieds de Hartog. Julie voyait la scène d'ici, avec émotion. Un Delacroix. Le riche la relevait, la comprenait, la pardonnait, la félicitait, la faisait asseoir à sa droite, sur une montagne nébuleuse surplombant le Massif Central, loin des hommes et du monde, comme dit l'autre. La jeune fille se leva, entraîna Peter, revint en arrière pour payer le petit déjeuner, elle frémissait. Elle se fit indiquer le chemin de la gare. Elle parvint à un passage à niveau d'où l'on avait vue sur les quais décorés de troënes poussiéreux dans des bacs de ciment. *Boën*, disait l'espèce d'enseigne, au-dessus du quai, en lettres bleues sur fond blanc, une enseigne creuse, susceptible de s'illuminer à la nuit, comme l'enseigne des gendarmeries. Le nom *Boën* ne disait rien à Julie. Elle fit demi-tour, Peter trottait à côté d'elle en terminant un croissant. Il regardait les alentours avec un certain intérêt, il était calme. On entra dans des commerces et Julie fit l'achat d'un imperméable gris, assez hideux, qui lui descendait au genou, et de cartes Michelin. En sortant de la librairie, elle aperçut de l'autre côté de la rue une immense affiche blanche avec un texte écarlate.

LA LOI ET L'ORDRE

POUVONS-NOUS VIVRE SANS POLICE ?
SANS GENDARMERIE ?
LA GUERRE DU GRAND JOUR DE DIEU
LE TOUT-PUISSANT (Rév. 16 : 14)
QUE SIGNIFIE LA DÉSAGRÉGATION
DES VALEURS ?
DANS LES DERNIERS JOURS
IL Y AURA DES TEMPS CRITIQUES
DIFFICILES A AFFRONTER
(1 1 Tim. 3 : 1)

PAUL ZWICKAU

Julie, ses cartes Michelin sous le bras, tenant Peter de l'autre main, traversa la rue et entra, sous l'affiche, franchissant un portail. Dans un petit hall carrelé, des paysans en chapeau discutaient à demi-voix. Au-delà s'ouvrait une salle de conférence. Un public clairsemé était assis sur des bancs. Les personnes âgées et les enfants étaient la majorité. Un type était en train de parler sur une estrade, devant une toile de fond peinte en trompe-l'œil pour représenter un flot de tentures rouge et or. Comme Julie allait s'asseoir, le type tendit un bras vers la coulisse.

— Paul Zwickau ! annonça-t-il d'une voix de tête.

Un homme jeune arriva en courant de la coulisse. Il portait un costume noir sur une chemise de polo marron. Il avait des lunettes et une raie.

— Aimeriez-vous vivre, cria-t-il, sous un régime qui délivrerait l'humanité du crime, de la violence, de l'injustice et de la misère ?

L'assistance ne disait pas non. Zwickau se mit à arpenter l'estrade. Il rejetait fréquemment la tête en arrière, avec brutalité. On pouvait craindre qu'il se casse le cou.

— La loi et l'ordre règnent dans l'Univers ! s'exclama-t-il. Quand nous regardons la voûte des cieux, cela est manifeste. Même si le sens profond des mouvements des corps célestes nous échappe, nous devons respecter les affirmations des plus grands savants, de astronomes, des atomistes, qui nous disent que de nuit en nuit, de saison en saison, d'année en année, de siècle en siècle, les astres poursuivent leur course dans l'espace en évoluant sur leur orbite de façon si régulière qu'il est possible de prédire les éclipses des siècles à l'avance !

L'orateur se râcla la gorge.

— Mes frères, mes sœurs, écoutez ! L'Eternel notre Dieu a établi un ordre harmonieux dans l'Univers. Croyez-vous donc qu'il ne soit pas capable de faire régner cet ordre et cette harmonie sur notre planète, misérable petit paquet de boue tournoyant dans les espaces intersidéraux ?

— J'ai vu son nom ! hurla une grosse femme en noir.

Zwickau ne tint aucun compte de l'interruption.

— Que voyons-nous ? s'écria-t-il.

— J'ai vu son nom ! répéta la grosse femme.

Un appariteur musclé lui saisit le bras et lui parla à l'oreille. Elle prit aussitôt un air coupable.

— Que voyons-nous ? insista Zwickau en ricanant. L'homme a-t-il été capable de réaliser la loi et l'ordre, la fin de la violence, l'injustice, la misère ? Non ! Voulez-vous savoir ce qui se passe quand une grande ville n'a plus de police ? C'est arrivé à Montréal le 7 octobre 1969. Les agents étaient en grève. Les citoyens ont-ils respecté la loi en sachant qu'il n'y avait plus de police pour les arrêter ? Pas du tout ! Montréal aussitôt fut le théâtre d'émeutes, d'incendies volontaires, de pillages, de batailles entre chauffeurs de taxi ! Les émeutiers s'armèrent de gourdins et de pierres pour se livrer à une orgie stupide de destruction.

» Ils brisèrent les vitres de l'hôtel *Queen Elizabeth* et volèrent des marchandises. Ils saccagèrent le bel immeuble IBM. Ils pillèrent l'hôtel *Windsor* et l'hôtel *Mount Royal*. En l'absence de la police, le respect de la loi et de l'ordre disparut complètement. Selon les membres du gouvernement, la ville était « au bord de l'anarchie » !

Zwickau resta un instant sur la pointe des pieds, le bras levé, soulignant l'horreur de la chose.

— Que signifient ces événements ? reprit-il. Pourquoi ce déchaînement ? Et surtout, que faire ? L'homme s'est efforcé sincèrement. Il a essayé tous les régimes. Mais il ne s'est pas tourné vers son créateur ! Son créateur qui connaît mieux que personne les problèmes de l'homme, puisqu'il regarde tout ce qui se passe depuis le commencement des temps.

— Oui ! crièrent des voix.

— Alleluia !

— Poil aux bras ! cria Julie.

— Taisez-vous, ma sœur, lui dit un appariteur musclé.

— Je ne suis pas votre sœur, rétorqua Julie mais elle se tut.

— C'est le créateur ! poursuivit Zwickau. C'est notre Dieu qui viendra faire régner l'ordre en érigeant l'état qu'il nous faut. Il est écrit : « Le Dieu des cieux suscitera un royaume qui ne sera jamais détruit, et qui ne passera point sous la domination d'un autre peuple. Il brisera et anéantira tous ces royaumes-là, et lui-même subsistera éternellement », Daniel, deux, quarante-quatre.

Julie se leva.

— Cochon, dégueulasse, cria-t-elle.

Zwickau bondit à bas de l'estrade.

— Ecoute-moi !

Julie entraîna Peter et prit ses jambes à son cou. Le prédicateur la poursuivit dans la rue. La jeune fille courut vers la gare. Zwickau abandonna la poursuite. Julie était rentrée dans la gare. Il lui fallait dérouter tous ces fumiers, attachés à sa perte. Ce n'était pas le moment de perdre la tête.

Elle aurait volontiers pris une mitrailleuse et fait un carnage. Sa cigarette lui brûlait les doigts.

— Réponds-moi, bon sang ! râlait Peter. Qu'est-ce qu'on fait ? Où est-ce qu'on va ?

— On fuit. On va chez Hartog. Dans sa belle maison, à l'horizon.

Julie consulta l'indicateur des chemins de fer, s'aida de ses cartes routières, finit par voir où elle se trouvait. Une soixantaine de kilomètres à l'ouest de Lyon. Peut-être soixante autres kilomètres à couvrir jusqu'au canton d'Olliergues, jusqu'à la belle maison. Un tortillard arrivait. Julie prit deux billets pour Saint-Etienne. Le train emporta les fuyards. Il faisait chaud. Sous son imperméable informe, Julie suait. Peter se taisait, étonnamment sage, il posait sur Julie de grands yeux soupçonneux et verts. Julie étudiait à nouveau les cartes.

— Nous allons voyager dans la montagne, dit-elle à Peter. Dans la montagne, personne ne peut nous rattraper. Nous voyagerons dans la montagne et nous atteindrons la belle maison.

— Tu me l'as déjà dit.

Ils descendirent à Montbrison. Il était une heure et demie de l'après-midi. Julie s'en étonna. Il aurait dû être plus tôt. Elle et Peter traversèrent l'esplanade brûlante qui est devant la gare et déjeunèrent dans une manière de brasserie.

— Quand est-ce qu'on s'en va ? demandait Peter.

— Nous ne sommes pas pressés.

— Si. Nous sommes des bêtes traquées, observa l'enfant.

— Tu voudrais être arrivé ?

— Oui.

— Tu n'es pas content d'être avec moi ?

— Si.

— Tu aimerais que je t'achète des jouets ?

— Je ne sais pas. Si tu veux. Quoi, comme jouets ?

— Je ne sais pas. Ce que tu veux.

— Ça m'est égal.

— Peter, dit Julie, nous pourrions nous arrêter dans les montagnes et vivre comme une mère et son fils. Personne ne nous retrouverait jamais.

— La police retrouve toujours les criminels.

Julie grimaça.

— Finis ton dessert.

— J'ai plus faim.

Julie paya. Elle compta l'argent qui lui restait. Moins de quatre cents francs. Comme ça file !

— Allons, dit-elle.

— Où est-ce qu'on va ?

— Marchons.

Ils errèrent à travers la ville. C'était jour de marché. Le centre de la petite cité était tout englué de foule et d'éventaires bigarrés. Julie paya une glace à l'enfant. Elle cherchait vaguement une gare routière. Existait-il une gare routière ? Finalement, sur une sorte de boulevard extérieur, près d'un café vide, elle trouva un poteau bleu sur lequel on lisait, *Arrêt des Cars.* Il n'y avait pas d'horaire affiché. Carte en main, s'orientant au soleil, la jeune fille essaya de comprendre dans quelle direction allait le car qui s'arrêtait là. A ce moment, une Simca 1500 noire passa à sa hauteur, et, par la vitre arrière baissée, Julie vit Coco qui la regardait.

VINGT ET UN

Ils avaient laissé la Rover au parking d'Orly-Ouest.

— Attendez-moi, dit Thompson aux frères lorsqu'ils furent dans le hall. Attendez-moi, je vais voir si je n'ai pas un message.

Il s'éclipsa un instant et revint, voûté, déchiquetant un papier entre ses doigts. Coco et Nénesse contemplaient le hall avec intérêt, s'intéressant aux jambes des hôtesses. Ils portaient tous deux des complets bon marché gris ardoise sur des chemises à carreaux. Chacun avait une valise de petite taille, contenant du linge de rechange et une arme.

— La fille, dit Thompson, a failli se faire pincer deux fois.

— Un message de votre client ?

Le Britannique hocha la tête. Il avait les yeux horriblement cernés et les commissures de ses lèvres étaient blanches.

— La police l'a manquée de peu dans l'hôtel où elle a passé la nuit. Puis il semble qu'elle ait fait du scandale à une réunion évangélique, à cent kilomètres de là, en fin de matinée. On la signale également dans d'autres régions, à Rouen, dans les Alpes, mais c'est tout bonnement impossible.

— C'est comme ça avec les bons citoyens, ricana Coco. Ils voient le mal partout.

— Votre client, dit Nénesse, il est à la coule.

— Il se tient informé, soupira Thompson. Venez.

Les trois hommes gagnèrent à pied l'extrémité de l'aéroport. Quelques avions d'affaires et de tourisme stationnaient là, près d'un bâtiment provisoire gris. Des hommes jeunes en chemisette jouaient à la pétanque sur le gazon. Thompson en héla un.

— Finissez sans moi, les gars, dit l'homme aux autres boulistes.

— Où tu vas ?

— Lyon.

Thompson attendit d'être installé dans l'avion. Puis il se pencha vers le pilote.

— Je ne sais pas si nous allons à Lyon, dit-il. Je voudrais me rapprocher au maximum de Boën, entre Roanne et Saint-Etienne.

Le pilote se gratta la tête. C'était un brun aux yeux noirs, les cheveux en brosse, l'air vivace et bien portant.

— Il y a Villeneuve, à côté de Feurs, dit-il. C'est le plus près. Sinon, plus au sud, il y a l'aéroport de Saint-Etienne, qui se trouve à Andrézieux, en fait.

— Tout cela ne me dit rien. Décollons toujours. Je vais regarder les cartes.

Le pilote coiffa ses écouteurs, mit des lunettes

de soleil à monture de nylon, échangea des signes cabalistiques avec un mécano. Les moteurs pétaradèrent. L'avion en avait deux. C'était un engin jaune et rouge, assez gracieux, mais d'aspect criard, avec en bout d'aile des nacelles écarlates qui étaient sans doute des réservoirs de carburant, un Cessna 421. Il y avait dans le fuselage six places de passagers, des fauteuils confortables, pourvus d'accoudoirs et de cendriers. L'herbe se coucha sous le vent des hélices. Le bimoteur s'ébranla, manœuvra sur le terrain. Le pilote bavardait dans la radio. L'avion fit son point fixe, freins bloqués.

— A Orly, confia le pilote à Thompson, c'est toujours la couille à cause du trafic commercial.

Il cacarda dans son micro. Les freins furent lâchés. L'avion courut sur le béton, longuement, se balança, s'enleva. Thompson rejoignit les frères à l'arrière. Son teint était verdâtre et ses yeux mi-clos.

— J'étais jamais monté en avion, dit Coco.

Thompson examinait ses cartes, pointait des localités avec un portemine en or. Il s'absenta un moment, passa dans les toilettes et y vomit presque distraitement. Il s'habituait à son état.

Pendant ce temps, les frères s'extasiaient de voir la terre de haut.

Quand Thompson ressortit des toilettes, la bouche sèche, il alla crier aux oreilles du pilote :

— A Villeneuve, est-ce que je pourrai facilement trouver une voiture de louage ?

— Un taxi, vous voulez dire ?

— Non. Une voiture de location sans chauffeur.

— Alors ça, mon pote, non !

— Je ne suis pas votre pote, dit Thompson.

Le visage du pilote devint blanc.

— Excusez-moi, monsieur.

Thompson sourit.

— Conduisez-nous à cet aérodrome que vous avez dit, près de Saint-Etienne. Là-bas, j'imagine que nous trouverons une voiture.

Ils en trouvèrent une aussitôt, une Simca 1500 noire, assez fatiguée. Il n'y avait rien de mieux. Nénesse bougonna.

— Je suis en état de conduire, affirma-t-il.

Il prit le volant. Les autres ne discutèrent pas. Thompson avait loué le véhicule au nom d'André Proust, et produit des papiers en conséquence.

— Direction Montbrison, commanda-t-il à Nénesse. Puis Boën. Nous nous renseignerons à la gare et au service d'autobus.

— On n'arrivera pas à la coincer avant les flics, dit Nénesse. C'est sans espoir.

— Si, dit Thompson, il faut.

La 1500 fonçait. Coco s'agita sur le siège arrière.

— Mollo, mollo...

— Ta gueule !

Thompson soupira et regarda ses genoux. Il avait mis sa ceinture de sécurité. La route était très droite. La Simca l'absorbait à plus de 100 de moyenne. Il était trois heures de l'après-midi lorsqu'elle pénétra dans Montbrison.

— Ralentissez, commanda Thompson. Cherchez Boën ou Roanne sur les poteaux indicateurs.

— Nom de Dieu ! hurla Coco. Là ! Là ! Mais arrêtez ! Là ! La gosse ! Elle est là !

Nénesse écrasa le frein. La Simca tira à gauche en s'arrêtant. L'œil dans le rétroviseur, Nénesse bascula frénétiquement le volant. Il ressentit un élancement violent dans le côté. Dérapant, la Simca fit demi-tour sur place, coupant la route à une 4 CV qui venait en face. Coco et Thompson étaient à demi levés sur leurs sièges. La Simca avait dépassé Julie et Peter de cinquante mètres. La jeune fille restait debout au bord du trottoir planté de platanes, immobile, hagarde.

— On la tue immédiatement et on file par la nationale 496, énonça Thompson.

Il fourra la main sous sa veste.

— On ne la pend plus ? demanda Coco, ahuri.

— On la tue. C'est tout ce qui importe.

La Simca fonçait sur Julie en rugissant. La jeune fille sembla se réveiller. Elle prit Peter par la main et se mit à courir entre les voitures garées sur le trottoir.

Thompson sortit de sa veste sa main armée d'un automatique SIG pour tir à la cible, de forme bizarre. On aurait dit un jouet peu réaliste. De l'autre main, Thompson baissait à toute vitesse la vitre de sa portière.

A dix mètres de l'objectif, Nénesse rétrograda. Freinée par son moteur, la Simca ralentit brusquement et se pencha en avant sur sa suspension usée. Thompson entendit éclater contre son oreille le coup de feu de Coco. Julie fit un plongeon dans la poussière, mais Thompson vit l'impact, trop haut, sur le toit d'une R 4 en stationnement. Julie rampait à toute vitesse, contournant la voiture.

Thompson sentait une main de fer lui moudre les viscères. Il vit le visage pâle de Peter derrière sa mire et pressa la détente du SIG au moment où Nénesse donnait un coup de volant brutal. La balle passa sous l'oreille du garçonnet.

— Je vais les écraser, dit Nénesse.

La Simca, virant à la limite de l'équilibre, escalada le trottoir, cessa d'adhérer au sol, fit un tête-à-queue.

— Connerie de chiotte ! cria Nénesse.

Julie, tenant Peter par la main, repartait en sens inverse, zigzaguant entre les voitures stationnées. Coco fit feu sous le nez de Thompson, pour la seconde fois, et la poudre brûlée cingla le visage du Britannique. La Simca qui continuait à glisser heurta la R 4 et lui arracha une aile. Julie plongea entre deux véhicules.

— Arrache-toi, Nénesse ! hurla Coco. C'est foutu !

Il vida son revolver au petit bonheur. Les projectiles ricochèrent en tous sens sur les carrosseries. Il pleuvait du verre sécurit. Moteur rugissant, la Simca bondit de nouveau sur la chaussée, tournant le dos à Julie.

— Arrêtez, imbécile, je vous ordonne de vous arrêter, dit Thompson d'une voix blanche.

Nénesse n'entendait rien. Ses lèvres étaient bleues. Thompson lui tapa sur les doigts avec le canon de son automatique. Nénesse freina sec.

— Qu'est-ce que v... vous v... voulez ? bredouilla-t-il. Qu'on se f... fasse tous f... faire marron ?

Le gosse et elle. Il faut les tuer.

— Dans trois minutes, la gendarmerie est ici.

— Dans trois minutes, je les aurai tués. Demi-tour.

Nénesse ne bougea pas.

— Demi-tour ou je vous tue, dit Thompson en enfonçant le canon du SIG dans les côtes de l'homme.

Nénesse battit des paupières et embraya.

— Trois minutes, dit-il entre ses dents.

Cent mètres derrière eux, un attroupement se formait. Plus loin, Thompson vit Julie et Peter qui disparaissaient dans une rue transversale. Des gens couraient. La Simca fit demi-tour et fila vers l'attroupement.

— Les voilà ! Ce sont eux ! crièrent les locaux.

— Foncez dans le tas, dit Thompson. Première à gauche.

La Simca fonça dans le tas. Les locaux se dispersèrent en criant. Nénesse se cramponnait au volant. Les pneus chantèrent quand la voiture tourna sec dans une ruelle pavée. Au bout de la ruelle, Julie et Peter étaient en train de courir. Ils franchissaient un pont. La Simca bondit à leurs trousses. Il y avait foule sur la chaussée. Les gens se plaquèrent aux murs, aux vitrines des boutiques. Des vociférations s'élevèrent.

De l'autre côté du pont, une multitude obstruait complètement la rue. Peter et Julie s'y fondirent. Nénesse écrasa le frein. De nouveau, la voiture tira à gauche en stoppant.

— On est bien avancés, dit le chauffeur.

Au-delà du coude que faisait la rue, des milliers de personnes se pressaient autour des éventaires dressés au milieu de la chaussée. La circulation des véhicules était impossible. La silhouette grise et brune de Julie courait au milieu de la foule. Thompson frappa violemment l'intérieur de la portière avec son poing.

— Coco et moi, nous continuons à pied. Nénesse, vous allez ranger cette voiture sur le boulevard et en voler une autre.

— Vous êtes branque ! fit Nénesse d'une voix sifflante.

— Nous nous retrouverons dans le bar-tabac que vous venez de voir sur le boulevard. Il s'appelle *Les Fleurs*. Dans un quart d'heure. N'oubliez pas ma valise.

— Un quart d'heure ! gémit Nénesse.

— Au revoir, dit Thompson.

Il descendit de la Simca et fendit la foule à grands coups d'épaule. Coco demeurait immobile.

— On fout le camp, dit-il.

— Non, soupira son frère. C'est le chef. Et c'est un maître. Obéis.

VINGT-DEUX

Julie était abasourdie. Elle avait du brouillard dans la tête et dans les yeux. Lorsqu'une trouée se présentait dans la foule, elle la franchissait en courant, remorquant Peter. Le garçonnet était stupide de terreur.

Par-dessus les têtes chapeautées, un espace vide s'ouvrit. Julie se retourna. Dans la multitude, elle distingua Thompson qui se rapprochait à grandes enjambées, haute silhouette maigre et sèche aux cheveux gris. En terrain découvert, il abattrait la jeune fille comme à la foire. A cent mètres de distance, Julie voyait luire les dents de l'homme dans son visage plissé. Elle se précipita tout droit vers un Prisunic qui bordait la rue et franchit les portes de verre.

Elle courut entre les rayons. Le magasin occupait tout le rez-de-chaussée d'un pâté de maisons. A l'autre bout de la vaste accumulation de marchandises, d'autres portes de verre ouvraient sur une autre rue, sur une esplanade noire de monde. Julie se rua de ce côté. Sortir avant que Thompson entre. Se perdre dans la foule. Elle bousculait des ménagères.

La jeune fille n'était plus qu'à quelques mètres des portes de sortie. Coco surgit alors derrière les battants de verre. Clignant des yeux, il regarda Julie qui s'était arrêtée net. Il semblait hésitant, presque craintif.

Julie fit demi-tour, tordant le bras de Peter. L'enfant se mit à pleurer.

— Oh ! Tais-toi ! Tais-toi ! cria Julie. C'est fini !

Elle se précipita contre une vendeuse.

— Mademoiselle, appelez la police, tout de suite !

— Quoi ?

— La police ! Appelez la police !

— Mais qu'est-ce qui se passe ? demanda la vendeuse en reculant d'un pas.

Elle toisa Julie, un sourire inquisiteur aux lèvres ; Coco franchissait les portes de verre, à vingt mètres de là. Il se précipita soudain en avant. Julie pirouetta, l'étalage le plus proche contenait de la vaisselle, la jeune fille projeta sur le sol une pile d assiettes incassables qui ne se cassèrent pas.

— Vous êtes folle ! s'exclama la vendeuse en faisant un bond en arrière.

— A l'assassin ! hurla Julie de toutes ses forces.

Pirouettant de nouveau, elle gifla violemment la vendeuse et se mit à courir. Elle n'avait pas lâché Peter, qui perdit l'équilibre, tomba en avant, se retrouva accroché à la main de Julie qui ne le lâchait pas, qui le tirait à toute vitesse. Les pieds de l'enfant traînaient sur le carrelage. Il criait à pleins poumons. De l'autre côté du Prisunic,

Thompson était entré et se tenait immobile, son pistolet pendant le long de son bras, le canon dirigé vers le sol.

— A l'assassin ! répéta Julie, excitant l'incrédulité des ménagères.

Elle ne cessait pas de courir. Elle zigzaguait entre les rayons. Au passage, elle arrachait des objets et les jetait à terre. Un cadre du magasin, portant un badge sur sa blouse blanche, se dressa soudain sur le chemin de la jeune fille, jambes et bras écartés, comme un gardien de but.

— Halte-là ! fit-il d'une voix bien timbrée.

Julie lui percuta la figure d'un coup de tête. Le crâne dur de la jeune fille heurta le menton de l'homme, lui renversa la tête en arrière et l'envoya s'effondrer en arrière sur le carrelage. Julie sauta par-dessus l'homme. Celui-ci saisit Peter au passage et le retint. Julie empoigna à l'étalage un couteau à découper en acier inoxydable et poignarda l'air au-dessus du chef de rayon. L'homme lâcha aussitôt Peter et se mit en boule, protégeant ses yeux avec ses coudes et ses génitoires avec ses genoux.

— Police ! cria-t-il d'une voix de fausset.

— Il serait temps, dit Julie et une balle lui traversa le bras droit.

VINGT-TROIS

Thompson avait jugé qu'il ne pouvait plus attendre. Avec une rapidité confondante, le magasin se transformait en maison de fous. De plus en plus de gens se mettaient à courir. Un sillage de débris marquait dans les travées le passage de Julie. Des femmes hurlaient. Plusieurs vendeuses s'étaient mises à agiter leur petite cloche à manche, normalement destinée à appeler un chef pour qu'il fasse la monnaie ou contrôle l'identité d'un client qui paie par chèque. Au-dessus du vacarme flottait la voix sereine mais tonitruante de la mère Baez, diffusée par haut-parleur à titre de fond sonore. C'était le bordel.

Thompson avait tendu le bras, et son estomac lui fit tellement mal qu'il crut qu'il se déchirait, et la silhouette de Julie tressaillit derrière la mire du SIG. La jeune fille tomba par terre. Thompson doubla aussitôt son tir à travers la foule en délire. Le second projectile (9 mm Parabellum) fit voler en éclats la tête d'un client éperdu. L'homme courait, il jeta les bras en avant comme un plongeur et fit un plat sonore sur le sol du magasin. Thompson frissonna. Son estomac était comme une grosse boule de feu. Ses narines se dilataient à l'odeur de la poudre. Il n'avait pas prêté attention aux détonations. Mais tout autour de lui, la foule était absolument devenue dingue. Des gens continuaient à passer en courant et en hurlant, entre Julie assise par terre et l'automatique qui la cherchait. Thompson ne vit plus Julie ni Peter. Il s'élança dans une travée, renversant une vieillarde qui se mit à pleurer de terreur. Il longeait le rayon garçonnet, la bouche pleine de bile. Il entendit une explosion assourdissante et supposa que Coco se décidait à ouvrir le feu. Des morceaux de matière plastique voltigèrent au-dessus d'un étalage. Un tumulte énorme monta du magasin. C'est excitant, je suis excité, songea Thompson en crachant la bile sur le sol. De plus en plus de gens s'étaient couchés par terre, se tassaient contre la base des étalages. Les mères mettaient leurs enfants sous elles pour les protéger de leurs corps. Tout ce monde braillait. Thompson riait comme un bossu.

VINGT-QUATRE

Coco regarda des morceaux de jouets en matière plastique gicler sur la trajectoire de sa balle. Il tremblait. Il avait en main un vieux revolver Colt, solide et primitif, avec une tendance à tirer trop à droite. L'espace d'un instant, il aperçut Julie et Peter dans une travée et il tira de nouveau et écorna un baril de lessive.

Coco s'attendait à ce que les gens se précipitent sur lui. Au contraire, ils s'écartaient. Ils s'écartaient à toutes jambes, ils piaillaient, ils tombaient les uns sur les autres. Une mémé était couchée à trois mètres de distance, les bras repliés autour de la tête, et ses jambes s'agitaient hystériquement. Elles étaient variqueuses. Coco se détourna et regarda derrière lui, vers les portes de verre donnant sur l'esplanade. Des gens sortaient, certains à quatre pattes. D'autres arrivaient en courant. Coco tira deux fois dans les portes et de grands morceaux de verre dégringolèrent et éclatèrent. La foule recula et se dispersa tumultueusement.

— Thompson ! cria le malfrat. Taillons-nous !

Pas de réponse discernable dans le brouhaha. La musique de fond s'arrêta soudain dans un horrible grincement. Quelqu'un avait sévèrement bousculé le pick-up. Une voix tremblante résonna d'un bout à l'autre du magasin.

— Plus personne ne bouge ! Couchez-vous ! C'est un hold-up !

Agacé, Coco leva les yeux et vit le speaker ému, en blouse, perché dans une cabine vitrée au-dessus du rayon d'alimentation. Il logea une balle dans le haut de la cabine et le héros tomba hâtivement de sa chaise et disparut en jurant.

— Con, observa Coco.

C'est étonnant comme il peut se passer des choses en vingt-cinq secondes. Coco entendit Thompson tirer, une fois, deux fois, trois fois. Les hurlements persistaient. Le colosse blond, très énervé, contourna les articles de sports et fila le long des vins et spiritueux.

— Thompson ! appelait-il.

Julie surgit dans son champ visuel, au coin des produits d'entretien. Elle avait le bras droit couvert de sang. Ça lui faisait comme un gant montant. De la main gauche, elle projeta sur Coco une bouteille d'alcool à brûler enflammée. Le malfrat pressa la détente du gros Colt et la balle se logea dans le plafond, Coco tombait en arrière, il poussa une exclamation choquée quand son crâne heurta le sol. Il y eut près de lui un bruit d'ampoule électrique qui crève et il se retrouva au milieu d'une nappe de liquide en feu. De petites flammes bleues coururent sur son pantalon. Coco sentit les poils de ses jambes s'embraser. Il posa son Colt sur le sol et se mit à se donner de grandes tapes sur les cuisses. Julie avait disparu. Par-dessus l'éventaire d'alcools, des bouteilles arrivèrent en voltigeant. Elles éclatèrent autour de Coco et une vraie mer de feu déferla. L'homme de main arracha son pantalon, sautilla frénétiquement dans le feu et se brûla en ramassant son Colt. En caleçon, il se mit à courir vers la sortie. Ses jambes lui cuisaient et il reniflait l'odeur de bacon de sa peau brûlée.

— Cours devant ! Cours devant ! criait Julie à Peter.

Elle tenait à la main un autre litre d'alcool dont le goulot brûlait comme un fer à souder. Tout en suivant Peter, elle déversait une averse de feu sur l'étalage des pull-overs. Enfin, elle se retourna et, à travers la fumée qui tourbillonnait, elle jeta au hasard, loin d'elle, le litre à demi plein. Il explosa. Les cris redoublèrent. Poussant Peter devant elle, la jeune femme franchit en bondissant une nappe de flammes bleues. Une ménagère la croisa. Sa jupe brûlait, ainsi que le chariot à provisions qu'elle poussait devant elle. La femme heurta un présentoir à livres et tomba avec lui. Les livres s'embrasèrent. La femme pleurait et se recroquevillait.

Alentour, les cris s'éraillaient. On toussait. La fumée envahissait la salle immense. Des silhouettes indistinctes trébuchaient sur les débris, pliées en deux au milieu des volutes. Loin derrière elle, Julie entendit les portes par où elle était entrée qui éclataient sous la poussée des fuyards. Un courant d'air somptueux traversa le magasin de part en part. Les flammes bondirent jusqu'au plafond. La jeune fille croisa un héroïque carré de chefs de rayon qui mettaient des extincteurs en batterie. Un autre, une hache à la main, défonçait fébrilement un éventaire.

Julie et Peter furent soudain dehors, piétinant dans le verre cassé. On s'attroupait à distance respectueuse. Des fuyards se ruaient hors du magasin, autour de la jeune fille. Des femmes avaient des crises de nerfs. Certaines étaient emportées à bras d'homme, hurlantes et gigotantes. Le trottoir était jonché de marchandises et de chaussures. Julie et Peter plongèrent dans la foule où des bras charitables les accueillirent.

— Vous êtes blessée ? Et le petit !

— Ça va, ce n'est rien, merci...

Julie se dégageait, plongeant plus profondément dans le tourbillon humain. Heureusement, de nouvelles victimes déboulèrent, pleurant leur permanente roussie. La jeune fille cessa aussitôt d'avoir la vedette. Dissimulant tant bien que mal son bras sanglant, elle se faufila plus loin. La sirène des pompiers retentit dans le lointain.

— Faites place ! Dégagez la chaussée !

— C'est des incendiaires !

— C'est des Maoïstes ! Ils ont tiré des coups de mitrailleuse sur le boulevard, contre les voitures !

Sirènes en marche, les véhicules rouges croisèrent Julie qui se dégageait de la foule. Déjà, les sapeurs sautaient à terre.

La jeune fille et l'enfant suivirent la rue sur une cinquantaine de mètres et débouchèrent de nouveau sur l'espèce de boulevard de ceinture. Julie se retourna, titubant légèrement, ôta son imperméable qu'elle replia sur son bras sanglant. Elle reprit la main de Peter.

Par-dessus les têtes, elle voyait une épaisse fumée blanche s'échapper du magasin, entourer la base de l'immeuble. Aux étages supérieurs, les fenêtres étaient ouvertes ; on voyait des têtes, des bouches ouvertes, des bras qui s'agitaient.

A l'intersection du boulevard extérieur et de la rue du Prisunic, les voitures ralentissaient, les automobilistes se penchaient pour voir l'évènement. Deux pompiers arrivèrent en courant, tournant le dos à l'incendie, et entreprirent de faire circuler les véhicules.

D'autres voitures déjà s'étaient arrêtées en vrac. Les conducteurs, debout à côté de leur engin, regardaient, ou bien couraient vers le sinistre. Julie ouvrit la portière d'une 2 CV dont le moteur tournait. Personne ne fit attention à elle.

— Monte, dit-elle à Peter.

— Là-dedans ?

— Allez, monte.

— C'est pas à nous.

— Monte, nom de Dieu !

Elle empoigna Peter et le précipita à l'intérieur, claqua la portière sur lui, fit le tour, prit le volant. Elle claquait de nouveau des dents.

— Mais tu voles la voiture ! s'exclama le garçonnet.

Julie passa en première en grimaçant. Elle avait l'impression qu'une dent de fourche était plantée dans son bras.

— On va se faire mettre en prison, dit Peter.

Un des deux sapeurs fit signe à Julie de se hâter de passer. La jeune fille accéléra, fila sur le boulevard. Elle vira au premier carrefour qui se présentait, jeta la 2 CV dans une route étroite et sinueuse. Au-dessus des toits des dernières maisons, des montagnes rondes et vertes obstruaient l'horizon. Bien, pensa Julie, bien...

VINGT-CINQ

Les cils brûlés, les mains noircies, la veste tachée de fumée et de bave, Thompson, son pistolet dans sa poche, franchissait le petit pont, fendant la foule à contre-courant.

Les gens se hâtaient en direction du sinistre. Les clients de la Maison de la Presse étaient sortis sur le trottoir pour scruter. Dans la bousculade, le présentoir à journaux se renversa. Des gamins arrivaient en bondissant, pleins de l'exaltation qui saisit les enfants en temps de catastrophe.

Au-dessus des toits, on voyait monter un panache de fumée de plus en plus lourde et foncée. La sirène des pompiers résonnait continûment. Une gerbe d'eau se montra dans la fumée, miroita au soleil.

De part et d'autre du magasin en flammes, des lances étaient mises en batterie. On arrosait la façade de l'immeuble en même temps que l'on noyait le rez-de-chaussée. Une sirène nouvelle, sur des tons différents, signala l'arrivée d'une Estafette d'où jaillirent aussitôt des gendarmes. Ils se mirent à refouler la multitude. Les manœuvres des pompiers et des forces de l'ordre étaient gênées par le marché, par l'abondance de paysans descendus de la montagne pour faire leurs achats. Des éventaires obstruaient la rue principale. Dans le désordre et les bousculades, ils se renversaient. Des fruits roulaient sur le sol. On les piétinait, on les écrasait, on glissait dessus. Des gens tombaient. Un klaxon à trois notes résonnait avec insistance, une ambulance se frayait un chemin, évacuant des brûlés.

Les planchers du premier étage de l'immeuble prirent feu. Les habitants sautèrent par les fenêtres.

Thompson marchait d'un bon pas, le buste plié en avant. Il ne se retournait pas. Autour de lui, la foule se clairsemait. Il atteignit le boulevard extérieur, débouchant à une cinquantaine de mètres du bar *Les Fleurs*.

Nénesse était assis en terrasse devant une bière, le visage couvert de minuscules gouttelettes de transpiration. Il se leva à l'approche de Thompson, posa des pièces de monnaie sur la table ronde. Arrêtée sur le trottoir devant le café, une Ford Capri ronronnait, vide, moteur en marche. Le tumulte qui avait éclaté dans le centre de la ville avait facilité les choses pour Nénesse. Il n'avait pas eu de mal à ranger discrètement la Simca, à s'emparer d'un autre véhicule. La ville était prise de folie.

— Où est Coco ? demanda Nénesse.

Thompson secoua la tête. Ses lèvres étaient blanchies de bave séchée. Les yeux de Nénesse se rétrécirent dangereusement.

— Vous avez foutu le feu ?

— La petite salope, haleta Thompson. Incendié le monoprix. L'ai touchée, pourtant. Ha !

Sa main se crispait sur son estomac.

— Mais Coco ! fit le chauffeur.

— L'autre côté. L'ai vu brûler. Des flics. Des pompiers. Foute le camp. Faut foute le camp.

Thompson se détourna, ouvrit la portière de droite de la Capri. Tout son dos tressaillait. Les poils de sa nuque étaient hérissés. Le sang battait dans ses oreilles écarlates. Nénesse l'empoigna par l'épaule, le fit pivoter brutalement, et le secoua.

— Tu veux te tailler, Thompson, en laissant mon frère derrière nous ?

— Où est ma carabine ? demanda Thompson d'une voix de zombie. Tu n'as pas oublié ma carabine ?

Il se débattait distraitement sous la poigne de Nénesse, scrutant l'intérieur de la Ford. Il vit la mallette sur la banquette arrière et soupira de soulagement. Nénesse le secouait de plus en plus violemment.

— Tu veux laisser Coco !

Une Estafette de la gendarmerie passa en ululant sur le boulevard. Thompson rentra les épaules, plissa le visage.

— Faut foute le camp ! Ecarte-toi de moi !

— Ah mais non ! cria Nénesse.

De toutes ses forces, Thompson lui donna un coup de pied dans l'entrejambe. Nénesse recula en grognant et heurta la balustrade de la terrasse. Plié en deux par la douleur, il fourra la main à l'intérieur de son veston bon marché. Thompson lui flanqua une manchette des deux côtés du cou. Nénesse grogna de nouveau et s'assit au pied de la balustrade. Les yeux lui sortaient de la tête. Il essayait lentement de tirer son arme. Thompson lui empoigna l'avant-bras et lui cassa le poignet sur son genou. Nénesse s'évanouit brièvement.

En caleçon, son Colt à la main, Coco courait au hasard.

— Arrêtez-le ! Arrêtez-le ! criait-on dans son dos.

Le colosse blond déboucha sur le boulevard extérieur. Il hésita.

— L'incendiaire ! criaient ses poursuivants de plus en plus nombreux. Il est armé ! Attention !

Les jambes brûlées de Coco le faisaient souffrir. Il reprit sa course sur le trottoir, en direction du bar *Les Fleurs* qu'il apercevait. Une Ford Capri grenat venait de déboîter devant le café, elle s'éloignait rapidement. Coco distingua son frère assis au pied de la terrasse du débit. Nénesse dodelinait. Il est ivre ! pensa le colosse.

— Halte ! Halte aux sommations ! cria une voix nouvelle, nette, militaire.

Coco accéléra.

— Halte !

Coco entendit détoner un pistolet réglementaire, vraisemblablement braqué vers le ciel. Le colosse se retourna et vit quatre gendarmes qui couraient vers lui comme une ligne de rugbymen qui lance une belle attaque. Derrière eux, la multitude de spectateurs hurlait comme au stade. Coco vida son revolver dans le tas. Il lui restait trois balles. Il vit avec satisfaction un gendarme qui tombait à quatre pattes. Les trois autres gendarmes s'arrêtèrent pile, jambes écartées, visèrent à bras tendu et ouvrirent le feu à peu près en même temps.

— Ils le tuent, murmura Nénesse.

Tout son corps était tordu par la souffrance. Il vit Coco se faire faucher comme un épi. Des bouts de genou voltigèrent et le colosse blond se tortilla en criant dans la poussière, une jambe pliée, l'autre raide et bizarre. Nénesse avait réussi à se mettre debout et à sortir son arme de la main gauche. Il tira par-dessus son frère, sans toucher quiconque. Les gendarmes ripostèrent en désordre. Nénesse vit les balles sortir du dos de Coco en faisant jaillir des morceaux de chair et de tissu. L'homme roula en arrière sur sa jambe désarticulée, sans lâcher son Colt dont il pressa la détente à vide. Nénesse soupira et deux grosses larmes jaillirent de ses petits yeux. Il jeta son arme et attendit qu'on l'arrête. Alors, le patron du café avança de trois pas sur la terrasse et lui vida dans l'oreille les deux canons d'un fusil de chasse.

VINGT-SIX

La Ford Capri roulait à 130 km/h sur la nationale 496. Thompson avait l'impression d'avoir avalé de l'huile bouillante. Il se cramponnait à son volant, que son menton venait heurter lorsqu'une nausée le convulsait.

Des virages très durs l'obligèrent à ralentir. La voiture rebondissait sur les inégalités du revêtement. Les roues, sollicitées de façon saccadée, hurlaient. Thompson zigzaguait.

Au bout d'une quinzaine de kilomètres, il donna un coup de frein brutal et jeta la Ford dans une piste herbeuse qui quittait la route à angle droit et montait entre des bouquets de pins. Des ornières creusaient l'argile. La voiture dansa grotesquement. Un choc brutal projeta Thompson en avant. L'homme donna du front contre la vitre, se rétablit, rétrograda, accéléra derechef. Le moteur hurlait. Le ventre du véhicule râclait le centre du chemin, heurtait des blocs de granit enfouis aux trois quarts. Par instant, les roues patinaient sur l'herbe grasse, s'emballaient follement. Un nuage de vapeur empanachait les pneus brûlants.

Buissons et arbres furent très vite très nombreux de part et d'autre de la piste. Leurs branches fouettaient les flancs de la Ford. La pente se fit plus dure. Le capot de la voiture s'élevait devant Thompson comme l'avant d'un navire. Le tueur grinçait des dents. Il montait à présent au sein d'une véritable forêt.

Enfin, il sentit le pont arrière heurter un obstacle. Le choc se répercuta dans toute la voiture. Elle parut s'affaisser. Un couinement continu monta du châssis. Thompson braqua à gauche, dans une trouée exiguë. La Ford faucha un buisson, s'inséra entre deux arbres, rebondit dans une combe minuscule. Le pare-choc avant s'enfonça dans la mousse et la terre, le moteur gronda, s'emballa, la voiture n'était plus propulsée, la transmission était cassée, l'engin s'affala, rugissant, sur ses amortisseurs massacrés.

Thompson coupa le contact.

Il demeura un instant immobile sur son siège. Il ne touchait pas le dossier car il était penché en avant, son torse pesant sur le volant, ses fesses maigres tendues, posées sur le bord du cuir. Ses spasmes s'apaisèrent. Il entendait des chants d'oiseaux dans le bois.

Il y avait dans la boîte à gants un paquet de Camel entamé et un Flaminaire de dame. Thompson planta une cigarette entre ses lèvres, l'alluma et mit pied à terre en toussant. Il retourna d'abord vers le chemin. Ses pneus avaient marqué dans les ornières grasses ; le centre herbeux de la piste était tout égratigné, comme par une charrue primitive. Le tueur n'y pouvait rien. Il arracha des paquets de mousse aux flancs de la combe et s'en servit pour dissimuler ses traces, là où la Ford avait brusquement viré pour piquer sous le couvert. Il redressa le buisson écrasé.

La végétation était abondante et vivace. La voiture était presque invisible de la piste. Thompson retourna vers son véhicule et en fit le tour. Il poussait de petits grognements. La cigarette restait vissée entre ses lèvres, la cendre tombait par intervalles et se répandait sur sa veste.

La Ford était inutilisable. Embrayage cassé, suspension détruite, et un liquide visqueux dégouttait sous le pont arrière et imbibait la mousse. Thompson rouvrit sa portière et inventoria le contenu de l'auto. Pas de poste de radio, et c'était bien dommage. Pas de bagages, sinon la mallette à la carabine et les deux valises des frères. Au pied de la banquette arrière, Thompson trouva le sac de Julie. Il lui fallut quelques secondes pour l'identifier. Puis une nausée le secoua. La chienne ! Il savait qu'il ne l'avait pas tuée. Son corps le lui disait. Il frémissait convulsivement. Il ouvrit le sac et en vida rageusement le contenu dans l'herbe. A coups de talon, il écrasa les quelques objets qui s'étaient répandus là, un porte-monnaie, un mouchoir, une photo, une lime à ongles...

Le tueur se reprit. Il s'agenouilla dans la mousse et rassembla les objets écrasés, les remit dans le sac. Puis, le sac à la main, il s'avança dans les taillis, sous la fûtaie, en reconnaissance.

C'était presque une chance que la Ford ait rendu l'âme à cet endroit. Cent mètres plus haut, Thompson arriva à la lisière de la forêt. Les pins se clairsemaient d'abord, laissant apparaître de grandes clairières, puis les arbres disparaissaient complètement. Accroupi dans la pénombre d'un bouquet de pins malingres, Thompson scruta la pente au-dessus de lui. Elle s'élevait, raide et dégagée, ensoleillée, piquée de taches jaunes et roses qui étaient des fleurs. La lumière de fin d'après-midi créait des ombres longues, donnait à toute chose un relief remarquable. La Ford grenat y aurait été visible comme une mouche sur le crâne d'un bébé.

Clignant des yeux, Thompson observa le ciel bleu pâle où flottaient d'imperceptibles voiles de brume. A cette heure, les routes de la région étaient barrées ; des hélicoptères de la gendarmerie devaient tourner au-dessus des vallées. Le tueur haussa les épaules et rentra dans le sous-bois.

Veillant à ne pas se perdre, il laissait derrière lui une traînée de points de repère discrets, brindilles, pierres, minuscules éraflures sur l'écorce tendre des pins.

En zigzaguant à flanc de pente, il finit par trouver l'endroit qu'il lui fallait, une combe boueuse où glougloutait un ruisseau à demi recouvert par la végétation. De ses mains nues, Thompson fouilla la boue noirâtre de ses rives. Le ruisseau avait foré un goulet dans l'humus. Thompson creusa le flanc vertical du goulet. Lorsque le trou fut assez grand, il y enfouit le sac de Julie, le tassa dans la terre à coups de talon, le recouvrit d'argile. Il travaillait avec rage. Lorsqu'il eut fini, il envisagea de recommencer l'opération pour faire disparaître les bagages des frères. C'était beaucoup de travail et cela ne ralentirait guère le raisonnement de la police, une fois que la Ford serait retrouvée. Thompson y renonça.

Il regagna la Ford. Il se sentait curieusement léger. Il n'avait rien mangé depuis deux jours. Il s'était habitué à la douleur que lui causait son estomac.

La lumière baissait dans la clairière. Thompson ouvrit la mallette où gisaient douillettement les pièces de sa carabine. Il les graissa et les polit avec amour. Puis il s'assit dans la voiture et attendit la nuit.

VINGT-SEPT

Julie roulait en permanence en seconde. Son bras droit n'était plus en mesure de manœuvrer le levier des vitesses. Il pendait le long de son corps, verni de sang séché.

— Tu as mal ? demanda Peter.

— Non. Si. Je ne sais pas.

— Tu sais bien si tu as mal, quand même !

Julie secoua la tête. La route montait ferme, sinueuse. La jeune fille peinait dans les virages à manœuvrer la direction. Son poignet gauche la faisait davantage souffrir que son bras blessé.

— Est-ce que la balle est ressortie ? s'informa Peter.

— Je ne sais pas.

— Si elle n'est pas ressortie, il faut l'extraire, observa le garçonnet.

— Tais-toi, dit Julie. Non. Parle-moi.

— On arrive bientôt ?

— Je ne sais pas. Je n'ai plus mes cartes.

— On est perdus ?

— Non. Je me rappelle la carte. Enfin, à peu près. Il faut aller à l'Ouest. C'est pour ça que nous avons le soleil dans l'œil.

Le moteur eut un raté, crachota, s'arrêta abruptement. Un voyant rouge s'alluma au tableau de bord. La 2 CV roulait sur son élan, brusquement silencieuse, le vent sifflait contre le pare-brise. Julie lâcha le volant pour tirer sur le démarreur et le moteur repartit, accrocha. Le levier de vitesse vibra. Le moteur s'étouffa de nouveau. Le petit véhicule abordait un nouveau raidillon. Julie le dirigea vers le bas-côté où il s'arrêta de guingois. La jeune fille serra le frein à main, mit le levier de vitesse au point mort, tira sur le démarreur. La 2 CV ahana longuement. Le moteur ne repartait pas. Julie scruta le tableau de bord. L'aiguille de la jauge d'essence était descendue nettement plus bas que zéro. La jeune fille poussa un soupir aigu qui faillit dégénérer en sanglot.

— Elle marche plus ? fit Peter.

Julie descendit de la voiture. L'air fraîchissant la fit frissonner. Elle ramassa sur la banquette l'imperméable taché de sang et le drapa maladroitement autour de ses épaules. Puis elle tomba soudain assise par terre, sur l'asphalte de la route. Peter sauta à bas de l'auto, empoigna Julie par l'épaule, tentant fébrilement de la relever.

— Ça va bien, ça ira murmura la jeune fille.

Elle se cramponna à la voiture et se releva. Elle titubait légèrement.

— On continue à pied, dit-elle.

— La barbe, dit Peter. J'en ai soupé.

— Si tu préfères, dit Julie d'une voix neutre, je te laisse ici, en bordure des bois profonds hantés par de grands hiboux gris.

— Tais-toi ! Tais-toi ! s'exclama le garçonnet. C'est bon.

Julie se mit en marche, mal assurée sur ses jambes. Peter trotta derrière elle. L'ombre s'amassait dans les creux, mais par-delà une crête proche, le ciel était comme une flaque de cuivre. La route, étroite et défoncée, était déserte. Depuis que la 2 CV avait quitté Montbrison, les voyageurs n'avaient croisé que quelques véhicules et de rares passants, aux environs immédiats de la ville. Depuis une heure ou plus, ils n'avaient vu personne, ni la moindre bourgade.

Julie et Peter montaient vers la crête ensoleillée. Une piste coupa la petite route. Un panneau indicateur de fortune pendait sur un pieu à l'intersection. Un nom de hameau y était inscrit, qui ne disait rien à Julie.

Je vais peut-être arriver jusqu'à cette crête, se dit-elle, puis je me coucherai et je mourrai et rien n'aura servi à rien.

Sa tête pendait sur sa poitrine. Elle avançait comme une automate.

— Porte-moi, demanda Peter.

Elle ne lui répondit pas. Elle avançait. Les brumes emplissaient le ciel. Derrière Julie, au-dessus d'elle, la nue prenait une teinte gris-bleu.

La jeune fille atteignit la crête et faillit ne pas s'en apercevoir. Mais comme le sol cessait de monter, elle se cogna le menton contre la poitrine, releva la tête, et s'immobilisa, titubante, devant le glorieux soleil couchant qui lui flanquait sa lumière en pleine poire.

A ses pieds s'étendait une vallée peu marquée,

pleine d'arbres. Presque aussitôt, le sol remontait, vertigineusement, formant une montagne plus haute encore que celle que les fugitifs venaient de franchir. A la hauteur des yeux de Julie, la forêt disparaissait des pentes sombres, et le sommet du mont jaillissait comme un crâne verdâtre. Et, silhouettée contre le couchant, et pour ainsi dire désignée par le soleil, une construction lointaine, basse, désordonnée, monstrueuse, poussait sur ce crâne, près du sommet.

— Regarde le château ! s'exclama Peter.

— C'est la Tour Maure de Hartog, balbutia Julie.

— C'est tout écrasé. Ce n'est pas une tour. C'est laid.

— Non. Non. Viens. Descendons.

La route faisait des lacets pour descendre dans la vallée, dont elle suivait ensuite l'axe, s'éloignant de la construction lointaine. Julie se remit en marche, abandonna la chaussée lépreuse, piqua à travers champs, entre des bouquets d'arbres. Sur la pente raide, entraînée par son propre poids, elle se mit à courir. Ses talons frappaient le sol et le choc se répercutait dans son bras blessé. Peter gambadait autour d'elle, sa fatigue envolée.

Le soleil disparut derrière la Tour Maure. Julie et Peter atteignirent le fond de la vallée. Un torrent y dévalait. Julie regarda avec angoisse les remous blancs qui tourbillonnaient dans l'ombre. Peter la tira par la manche.

— Il y a un pont.

Il désignait, un peu en amont, un assemblage rudimentaire de branches, de planches et de rondins. Julie le suivit de ce côté.

Le pont sommaire, pareil à l'œuvre de boy-scouts ivres, était posé en équilibre précaire sur de gros rochers ronds. Les cordes qui l'avaient naguère amarré à des arbres proches étaient rompues, pourries elles s'émiettèrent presque sous les doigts de Julie. La chaussée de planches était défoncée par places. Au-dessous, l'eau bouillonnait, noire et grise.

Il faisait déjà nuit dans la vallée. Julie s'engagea sur la passerelle et sentit le torrent lui souffler au visage son haleine. La jeune fille se cramponnait à la rambarde rudimentaire qui courait d'un côté des planches. Le pont vacilla sous elle et elle vacilla avec lui. Elle avait l'impression de peser un poids énorme. Les planches pliaient sous ses pieds, grinçaient. Julie s'immobilisa au milieu de l'eau, elle regarda avec une horrible fascination un clou rouillé qui sortait lentement du bois, tel un pénis. La planche se fendit, le clou tordu gicla en l'air et fut précipité dans l'écume, le pied de Julie passa au travers du pont. La jeune fille se meurtrit en se raccrochant à la surface de la passerelle. Tout vibrait autour d'elle et dans sa tête. Elle se retrouva à quatre pattes, rampant au-dessus du bouillonnement, cherchant désespérément Peter du regard. Elle entendit le garçonnet l'appeler et le vit, déjà sur l'autre rive, qui sautillait impatiemment.

— Tu te dépêches, dis ?

Le pont bascula et Julie se jeta en avant. Elle se retrouva agenouillée dans la boue de la rive. Derrière elle, la passerelle se renversait. Une extrémité heurta le flot. Tout l'assemblage vira, se mit dans le sens du courant et se précipita soudain dans l'écume, rebondissant sur les rochers, éclatant, se démembrant, disparaissant à une vitesse confondante. L'obscurité l'avala.

Maculée de boue, Julie gravit la pente. Elle brûlait de fièvre. Elle ne savait plus où était Peter. Elle n'était plus soutenue que par une seule idée ; à cent mètres, cinquante mètres de là, franchi le rebord de la montagne, il n'y aurait plus devant elle qu'un vaste tapis d'herbe et de fleurs, où se dressait la Tour Maure, où Hartog l'attendait.

VINGT-HUIT

Hartog, les traits tirés, la lèvre inférieure couverte de dartres et de traces de dents, était affalé dans une chaise longue, sur une terrasse dallée. Un verre énorme où traînait une feuille de menthe était posé par terre auprès de lui, ainsi qu'un cendrier débordant. Une cigarette maculée pendait aux lèvres du rousseau. Des lunettes noires cachaient ses yeux. Il était vêtu d'un pantalon blanc et d'une chemise de filet.

Le chauffeur Dédé, en costume sombre, arriva derrière lui à pas de loup.

— Des nouvelles ? demanda le rousseau entre ses dents serrées.

— Le second truand est mort pendant son transport à l'hôpital. Les barrages n'ont rien donné encore. La police quadrille les environs en hélicoptère.

— Je ne comprends pas ce qui est arrivé, murmura Hartog. Où est-elle passée, cette folle ?

Le chauffeur haussa les épaules, fourra les mains dans les poches et laissa errer son regard sur la Méditerranée qui battait les galets en contrebas de la terrasse.

VINGT-NEUF

Vue de près, la Tour Maure semblait plus anormale encore qu'en photo. La construction s'était manifestement appuyée sur quelques bâtiments préexistants, de ces étables montagnardes que les Auvergnats nomment jasseries. Mais celles-ci avaient été littéralement submergées sous les pierres, qui formaient des dômes courts, des terrasses guère horizontales, des amoncellements informes. La Tour Maure n'avait rien d'une tour. Elle s'était étendue sur la surface de la montagne sans s'élever. On aurait dit un temple siamois aplati au marteau-pilon.

Peter s'était immobilisé près d'une excroissance de la bâtisse, où s'ouvrait un trou noir comme l'entrée d'un tunnel. Julie le rejoignit en haletant. Elle grelottait. Le ciel était violet, l'ombre couvrait la montagne, une lune jaunâtre et rongée flottait sur l'horizon.

— Il n'y a personne, dit Peter.

Le labyrinthe de pierrailles était obscur. Julie avança vers le trou noir, trébucha dans les cailloux, les herbes folles. Quelque chose roula et tinta sous ses pieds, et il lui sembla que c'était une boîte de conserve. Une lueur vague dansa dans le tunnel. Julie avança encore et heurta du front un rideau de perles qui se mit à danser et à s'entrechoquer. Entre les boules de verre et de bois s'apercevait une pièce. D'un mouvement brusque du bras gauche, Julie écarta les perles et franchit le seuil.

Elle se trouva au bord d'une salle voûtée, banalement meublée. Une table de cuisine, des chaises, un carrelage laid, Peter se serrait contre la jeune fille.

— Holà ! cria-t-elle. Quelqu'un !

Un calendrier des postes était accroché au mur ripoliné, décoré d'une photographie représentant des chats dans un panier. Il était hideux. Julie le considéra en vacillant. Elle cligna des yeux. Le calendrier était immense. Hallucination. La jeune fille trébucha jusqu'au mur et posa sa main sur le chromo. Il mesurait cinquante centimètres de long, au moins. Julie poussa un cri étranglé, recula, heurta une chaise et sentit ses cheveux se hérisser. Le siège lui arrivait au milieu du torse, et la table était presque à la hauteur de son menton.

— C'est le château du géant ! hurla Peter.

Julie, les yeux agrandis par la terreur, pivota et vit un homme sortir de l'ombre, à l'autre bout de la salle insensée. Il portait un bleu de travail. Des mèches jaunâtres pendaient sur son front large. C'était Fuentès. Julie essaya de faire un pas en arrière et se sentit tomber.

TRENTE

Thompson se réveilla brûlant. Le soleil lui tombait sur la figure, par un trou du feuillage, et le tueur était en sueur. Il s'accroupit précipitamment, sa tête pivota comme une girouette, mais la forêt était calme alentour ; on entendait des chants d'oiseaux et le murmure du vent. Thompson consulta sa montre. Elle s'était arrêtée. Il releva la tête. Au soleil, la matinée était déjà avancée. L'homme claqua de la langue avec agacement. Depuis des années, il ne lui était pas arrivé de dormir si tard.

Il se mit debout et se sentit mal. Il eut du mal à marcher jusqu'à la lisière supérieure des bois. Allongé dans l'herbe, il scruta les montagnes rondes. Çà et là, à des kilomètres de distance, scintillaient de petites grappes brunâtres qui étaient des troupeaux de vaches à longues cornes. On ne voyait pas d'êtres humains.

Thompson gratta sa joue. Sa barbe naissante le démangeait. Le tueur était exaspéré. Il lui fallait s'alimenter, mais cette seule idée lui retournait l'estomac. Peut-être que s'il parvenait à se faufiler entre les barrages, à rejoindre une ville, à entrer chez un médecin... Peut-être pourrait-on le remettre d'aplomb par perfusion.

Non. Le médecin poserait des questions. S'en poserait. Et la région devait être en émoi. *La Tuerie de Montbrison,* c'est ainsi que les journaux devaient titrer. Thompson se redressa. Les muscles de ses jambes tremblotaient nerveusement sous lui. Il se dirigea vers le ruisseau, à couvert. Là, il se mit à plat ventre pour boire.

Comme il approchait ses lèvres de l'eau vive, quelque chose gicla en aval, arriva sur lui comme un éclair gris. Le bras de Thompson se détendit. Il roula sur lui-même, se retrouva dans l'herbe sur le dos, sa main refermée sur les ouïes d'une truite qui se débattait. Thompson regarda le poisson gigoter. La bête ouvrait et refermait convulsivement la bouche. C'était intéressant. Le tueur lui mit les pouces sous la gorge et rejeta la tête du poisson en arrière. La truite se débattit plus frénétiquement. Thompson accentua sa pression et sentit le cou de l'animal qui se cassait sous sa main. Le tueur éprouva une impression de bonheur. Aussitôt, il éventra la truite avec ses doigts. Elle ne gigotait plus. Il lui dévora les flancs. La chair était fade et dure comme un mollusque cru. Thompson déglutit fébrilement. Des arêtes lui égratignèrent la gorge mais il se força à continuer, à avaler le maximum de chair pendant que la mort de la bête l'exaltait encore.

Les nausées ne le reprirent qu'une vingtaine de minutes plus tard, la digestion avait déjà commencé. Tout ne fut donc pas perdu, du point de vue alimentaire. Thompson attendit que les spasmes fussent terminés, puis il se remit à l'affût au bord du ruisseau, guettant une autre truite. Et en attendant, il réfléchissait. Il n'y avait pas que les truites. Il y avait les petits animaux. Thompson n'y avait jamais pensé. Jamais de sa vie il n'avait chassé. Mais attraper une bête, et la ... casser, oui, il tenait peut-être là une solution provisoire, un moyen de combattre son manque d'appétit, un moyen de survivre, un petit moment, oui.

TRENTE ET UN

Quand Julie revint une première fois à elle, elle était seule et nue dans un lit bas, au milieu d'une pièce voûtée. L'angoisse lui tordit les tripes. Où était Peter ? Elle appela.

— Peter !

Elle s'entendit à peine, elle se crut sourde. Elle tenta de se dresser et ne parvint pas à se mettre sur les coudes. Sa tête retomba sur le traversin sans taie. La jeune fille roula avec difficulté sur le côté. Elle essaya de nouveau de crier.

— Heu... fit sa gorge sèche.

Si on l'entendait à soixante centimètres à la ronde, c'était le bout du monde. Julie apercevait un sol dallé de pierre, une chaise rouge, en plastique à trous, comme on en voit aux terrasses des bars de province, puis un grand mur de pierres nues dans lequel s'ouvrait une porte fenêtre. Une lumière aveuglante régnait à l'extérieur. De l'autre côté de la porte, Julie ne distinguait rien que des ombres laiteuses dans un excès de blancheur.

Immédiatement après, la jeune fille revint à elle

pour la seconde fois, la lumière était devenue orange. Julie se poussa vers le bord du lit et se laissa tomber sur le sol. Elle ressentit au bras une douleur vague. Elle se palpa. Une bande Velpeau lui entourait le biceps et elle ne pouvait pas plier son coude droit. Fuentès apparut dans l'embrasure orange.

— Qu'est-ce que vous foutez par terre ? demanda-t-il.

— Espèce d'assassin ! répliqua faiblement Julie en cherchant en vain une arme.

Fuentès se baissa et empoigna la jeune fille. Il était torse nu, en pantalon de toile blanche, et leurs peaux se touchèrent tandis qu'il remettait Julie dans le lit.

— Où est Peter ? Où est Hartog ? Qu'est-ce que vous voulez ? Vous voulez me violer ?

Parler était épuisant. Julie sentit que la brute la bordait.

— Dormez. Vous n'avez rien à craindre.

La jeune fille voulut demander encore où était Peter, mais elle ne réussit qu'à faire une bulle de salive, comme un nouveau-né. Puis elle connut d'autres instants de lucidité restreinte, et tantôt il faisait jour au-dehors, tantôt il faisait nuit. Fuentès lui faisait boire du bouillon avec une paille. Elle s'étranglait et en répandait la plus grande partie sur sa poitrine, laquelle n'était plus nue — elle portait une vieille chemise d'homme, remarqua-t-elle. Une fois, elle crut voir Peter, mais comme il semblait porter une perruque, il fallait admettre que c'était un rêve.

— Je suis en état de parler, affirma la jeune fille.

Elle ouvrit les yeux, étonnée d'avoir dit cela. Fuentès était assis au bord du lit, en short kaki et chemise vert pomme, une chemise de bohémien. Il avait une barbe hirsute. Ses yeux étaient cernés.

— Vous n'avez plus de fièvre, en tout cas, dit-il.

— Je suis complètement pompée, observa Julie.

Elle palpa sa blessure. La chair était recouverte d'un gros carré de sparadrap. Cela ne faisait pas tellement mal.

— Vous savez qu'on vous a tiré dessus avec une balle coupée ? demanda Fuentès. Il y a un morceau qui était resté. Je l'ai enlevé. Les autres étaient ressortis. Vous avez de la chance d'avoir encore vos bras. Quel est le salaud qui a fait ça ?

— Thompson, dit Julie. Ah ! Vous le savez très bien !

— Ouais, fit l'homme. Peter m'a expliqué. Que je serais le chef des tueurs et tout ce qui s'ensuit.

— Peter... Qu'est-ce que vous en avez fait ?

Fuentès gratta sa barbe jaune. Bruyamment.

— Il joue dans les collines.

— Je ne vous crois pas.

— Faites un effort.

Julie éclata d'un rire nerveux. Fuentès se mit à rire aussi. Il sortit des Gitanes maïs de la poche de sa chemise vert pomme, en alluma une.

— Je ne vous en offre pas. Ça vous ferait tousser. Vous n'êtes pas en état.

— Longtemps que je suis ici ?

— Ça fera huit jours tout à l'heure.

Julie poussa une exclamation inarticulée. Fuentès haussa les épaules.

— Je ne vous ai pas tuée. Je vous aurais plutôt soignée.

Sa voix était posée. Il énumérait. C'est tout juste s'il ne comptait pas sur ses doigts courts.

— Le méchant de l'affaire, ce n'est pas moi. Ce n'est pas vous non plus, d'après ce que dit Peter. Mais je n'ai pas compris grand-chose à son histoire. Vous savez comment sont les mômes. Il m'a raconté des choses à dormir debout. Des gangsters, un incendie... Racontez-moi, vous. Je vous croirai peut-être.

Julie raconta. Un grand soleil entrait par l'embrasure. De la poussière dansait dans la lumière. Fuentès tirait sur sa cigarette, dont le papier brûlait irrégulièrement. A mesure que Julie racontait, l'homme semblait s'assombrir.

— Votre histoire, fit-il enfin, rien n'y manque. Et le Golgotha en prime, pour finir. L'ascension vers le château. Vous avez dû avoir un choc en me voyant.

Julie hocha la tête. Elle se sentait neutralisée à l'intérieur.

— Ici, dit Fuentès, c'est chez moi. Cela n'a jamais appartenu à Hartog, et il ne l'a pas construit.

— Il m'a dit le contraire.

— Oui. Le chien. Le sale chien.

— Taisez-vous ! cria Julie.

Fuentès fit la moue. Il avait l'air très fatigué.

— C'est mon tour de raconter, dit-il. Il était une fois deux jeunes hommes... Ecoutez. Il était une fois deux jeunes hommes...

TRENTE-DEUX

Il était une fois deux jeunes hommes. Hartog, Fuentès. Architectes, travaillant ensemble. Ils étaient plutôt fauchés. Ils s'entendaient à peu près bien. C'est Fuentès qui avait le plus d'idées, vous excuserez ma fatuité. Hartog suivait. Il avait l'air d'accord. C'était grâce à lui que le cabinet survivait. Sa famille, riche, passait commandes de projets qui se réalisaient rarement, mais qui étaient grassement payés.

Soudain, Hans-Peter et Marguerite Hartog se tuent en avion. Le jeune Hartog devient riche. Ses projets d'architecte vont pouvoir devenir réalité. Et l'on constate qu'ils ne sont pas tellement d'accord, Fuentès et lui. Fuentès ne voulait pas construire d'usines, ni de logements pour ouvriers. Fuentès, on comprend mal ce qu'il voulait. D'ailleurs, il avait de plus en plus de difficultés à travailler.

Hartog se sépare de lui. Hartog s'occupe de l'argent Hartog. Accessoirement, il fait construire. Un musée, des usines qu'il dessine. Fuentès est furieux. Faut-il que je continue ? Tout cela fait déjà l'objet d'un roman, et d'un film de King Vidor, avec Gary Cooper, et s'inspire de la vie de Frank Lloyd Wright.

Fuentès ne travaille plus comme architecte. A l'instar de Gary Cooper, il s'emploie irrégulièrement sur les chantiers, comme manœuvre, carrier, contremaître parfois. Il achète des bergeries dans le Massif Central et il se met à construire, dans ses moments de loisir, lorsqu'il n'est pas ivre (car il faut vous dire qu'il picole sérieusement, à présent). Il construit cette espèce de labyrinthe à la con.

Incidemment, lorsqu'il est ivre à Paris, il lui arrive de faire une petite visite à Hartog. Il l'injurie. Il l'accuse de lui avoir volé ses idées. Occasionnellement, il lui bourre la gueule.

Julie écoutait bouche bée. Fuentès se leva, sortit et revint presque aussitôt avec une canette de bière.. Il buvait au goulot, ne se rassit pas. Il arpentait la pièce et ponctuait son récit de grands gestes et de ricanements.

Le plus marrant, c'est que Hartog soit jaloux de Fuentès. Je ne m'en doutais pas. Il est jaloux, ça se voit gros comme une maison. Il a pris des photos de ce labyrinthe à la con. Il les a mises dans ses dossiers. Et le jour où vous lui avez dit que la bâtisse était belle, il a prétendu que c'était son ermitage. Le con. La tête de bœuf !

Fuentès éclata de rire, puis se mit à tousser, on aurait dit qu'il n'arriverait pas à s'arrêter.

TRENTE-TROIS

Julie portait à présent son short taché de sang et la chemise d'homme dont elle avait roulé les manches. Elle commençait à pouvoir marcher à nouveau, appuyée au bras de Fuentès. Cela faisait neuf jours qu'elle avait quitté le magasin incendié. Elle examinait la pièce aux meubles démesurés où elle avait perdu connaissance, le soir de son arrivée.

— Une fantaisie, dit Fuentès. On a tendance à oublier comment c'est, d'être un môme. Ici, on a l'impression de mesurer de nouveau cent vingt centimètres de haut. Vous avez dû avoir un sacré choc.

— Au point où j'en étais...

Julie se percha sur une chaise gigantesque. Elle pouffa comme une gamine. Fuentès, une canette à la main, la regardait d'un air goguenard. Par la fenêtre mince comme une meurtrière, la jeune fille apercevait Peter, à une cinquantaine de mètres du labyrinthe. L'enfant tirait des flèches avec un arc rudimentaire que Fuentès lui avait fabriqué. Julie n'arrivait pas à se faire à la nouvelle silhouette de

Peter. En une semaine, il avait bronzé, maigri, ses cheveux avaient poussé dru, ses manières changé. Il courait parmi les fleurs. On aurait dit une séquence publicitaire pour le retour à la Nature.

— Je suis déjà en état de repartir, déclara Julie qui n'aimait guère la Nature.

Elle descendit de la chaise géante, franchit le rideau de perles, piétina dans les gravats. Le soleil, toujours glorieux, lui arrivait derechef dans la figure. Elle entendit Fuentès marcher à sa suite.

— Vous n'avez plus guère d'endroit où aller, fit l'homme.

— Droit chez les flics.

— C'est une longue marche.

— Vous n'avez pas de voiture ?

Julie s'était retournée. Fuentès secoua la tête.

— J'avais une vieille Jeep. C'est ce qui convient. Je l'ai foutue dans un ravin un soir d'ivrognerie. Il faudrait que je refasse des économies. Ça m'emmerde.

Il posa soigneusement la canette vide le long du mur.

— Venez voir mon four, dit-il.

Ils longèrent le labyrinthe. Julie remarqua un escalier rigoureusement horizontal et un jardin inaccessible sur une tour circulaire et courtaude de trois mètres de haut.

— Vous pourriez rester ici des semaines, des mois, observa Fuentès comme si l'idée lui faisait envie.

— Dans mon sac, la photo, lui rappela Julie. Tôt ou tard, ils comprendront, ils se pointeront ici.

— J'ai ce qu'il faut pour les recevoir, dit Fuentès.

Ils étaient arrivés près de son four. C'était une cloque de pierre et de mortier contre le mur du labyrinthe. Il en sortait de la fumée par en dessous.

— Qu'est-ce que vous voulez dire ? demanda Julie.

— J'ai un fusil.

— Vous ne connaissez pas Thompson. C'est un homme qui fait peur. Un fusil ne l'arrêtera pas.

Fuentès ricana.

— Un fusil arrête n'importe qui.

— Vous ne comprenez pas. Il sera sur nous avant que vous le sachiez, et il nous tuera.

— Vous avez vu trop de films d'épouvante, dit Fuentès.

Il ouvrit une des deux portes du four. C'étaient des volets épais, en métal rouillé.

— Je les ai récupérés sur un blockhaus de Normandie. Voyez. Je mets le bois ici.

Fuentès remit des bûches dans les braises, au fond de l'ouverture. Julie toucha la paroi de pierre du four. La pierre était chaude.

— Mes pots sont au-dessus. Je n'ouvre pas, ils sont en train de cuire. Ils sont moches. Je rate tout ce que je fais.

Fuentès claqua le volet inférieur.

— Le bois, observa-t-il, ce n'est pas ça qui manque. Je n'ai qu'à descendre en contrebas.

Julie l'imagina torse nu, fendant des bûches. L'image était plaisante.

— Je descendrai demain, dit-elle. Je descendrai demain chez les flics.

— J'irai avec vous, dit Fuentès. Vous allez vous

fourrer dans un sacré pétrin, le temps de tout leur expliquer, et qu'ils vous croient. Est-ce qu'ils vont vous croire ? De toute façon, vous aurez besoin de quelqu'un. Je vous trouverai un avocat.

— Je n'ai plus peur d'aller trouver les flics, remarqua la jeune fille.

A cent mètres de là, Peter jouait dans les fleurs et braillait joyeusement.

TRENTE-QUATRE

Hartog passait de plus en plus de temps dans sa chaise longue, au bord de la Méditerranée. Les lèvres du rousseau étaient très gonflées à force de morsures. Les battements de ses cils clairs étaient plus rapides que la normale. Il laissait errer ses regards sur la mer. Au loin, des voiliers glissaient mollement — le vent était faible. Plus près du rivage, une petite barque à rames, ventrue, se balançait sur la houle.

Dédé apporta le courrier.

— Ouvrez-le, dit Hartog. Lisez-le moi.

Dédé hésita, puis tira une lime à ongles de sa poche poitrine et ouvrit les enveloppes. Il jetait les envois sur une table basse, près du rousseau, au fur et à mesure qu'il énumérait.

— Facture de fournisseur local... Offre d'abonnement à une collection de livres intitulée *Le martyrologue d'Eros*... Un rapport de Miss Boyd.

— Lisez.

— Humm. *Monsieur, je porte à votre connaissance...*

— Pas à voix haute, coupa Hartog. Lisez, et dites-moi s'il y a quelque chose d'important.

Dédé se tut et, debout, parcourut les deux feuillets.

— Elle dit que votre absence est de plus en plus gênante, fit-il enfin. Elle énumère les affaires pendantes. Elle vous assure de sa compréhension, mais elle insiste pour que vous rentriez à Paris ou que vous déléguiez votre pouvoir de décision.

— De quoi se mêle-t-elle ? cria Hartog.

Dédé ne répondit pas et posa la lettre avec les autres, sur la table basse, après l'avoir remise dans l'enveloppe.

— Bon, ça ira, ça suffira, dit le rousseau. Je ne veux pas être dérangé.

— Oui, Monsieur.

Dédé quitta la terrasse à pas de velours. Il n'avait plus guère de respect pour son patron. Le rousseau s'était laissé démolir par cette histoire, que c'était pas croyable. Un môme dont il ne s'occupait pratiquement pas, auparavant ! C'est vrai que l'espoir s'amenuisait de les revoir, lui et la dingue. Et après ? Le môme était un galapiat. Lui Dédé, c'était plutôt pour la dingue que ça lui faisait de la peine, une jolie fille, et des côtés marrants.

Il s'assit dans le hall de la villa et ouvrit *Playboy*. Posté là, il était chargé d'empêcher quiconque d'accéder à Hartog.

Le rousseau demeurait étendu dans sa chaise longue, seul à présent devant la mer, les yeux fermés et le corps raide. Il sursauta en entendant quelque chose racler les galets. Il se dressa sur son séant. La petite barque trapue s'était considérablement rapprochée depuis tout à l'heure. En vérité, elle venait de s'échouer à quatre mètres de Hartog. Thompson mettait pied à terre. Il était maigre et vêtu de hardes délavées, un grand sac sur l'épaule, et une barbe hirsute lui envahissait le visage. Pourtant, Hartog n'eut aucune hésitation à reconnaître son tueur.

Il quitta son transat et se cogna douloureusement le tibia contre la table basse, mais il n'en eut pas conscience.

— Vous êtes fou, dit-il, qu'est-ce que vous venez faire ici ?

Thompson prit pied sur la terrasse. Il n'avait pas de chaussures. Il laissa sur les dalles l'empreinte humide de sa plante. Hartog jeta autour de lui un regard nerveux, mais il n'y avait personne pour les voir.

— Est-ce qu'ils sont morts ? demanda-t-il à mi-voix.

Ses lèvres bouffies tremblaient d'excitation. Thompson secoua la tête. Hartog l'imita machinalement tandis que sa bouche s'entrouvrait. Le rousseau avait l'air d'un môme au désespoir. Il saisit Thompson au collet. L'autre lui tapa sèchement sur les poignets pour lui faire lâcher prise. Hartog recula, regardant le tueur. Ça, un tueur ? Ah ! c'était dégueulasse ! Avoir si bien pensé son coup, s'être entouré mois après mois de bancroches, de tordus, d'anormaux, au point qu'enfin cela parût normal, cette dingue qui se tirait avec le môme, qui le pendait, qui se pendait. Ah ! la tant jolie combinaison salopée par cet incapable, ce subalterne, ce débris. Le rousseau prenait soudain conscience de l'apparence de Thompson.

L'homme était à bout. Ses joues, sous la barbe, étaient caves, ses yeux creux et rouges.

— Pouvons-nous parler tranquillement ? demanda Thompson. Pouvons-nous discuter quelque part, plusieurs heures, sans craindre les curieux ?

— Je ne veux pas discuter avec vous plusieurs heures, dit Hartog. Je veux que vous partiez. Vous deviez les tuer et... et...

Le rousseau tapa du pied contre les dalles.

— Je vais les tuer, dit Thompson d'une voix très lasse. Je veux les tuer, même si c'est la dernière chose que je fais. Justement, j'ai besoin de parler avec vous. J'ai besoin de renseignements.

— Je vous ai donné tous les renseignements dont vous aviez besoin, murmura Hartog d'une voix aiguë. Partez. Allez-vous-en. Je n'ai rien à vous dire.

— Il s'agit d'un point d'architecture, monsieur Hartog. Il s'agit d'une... construction. Une sorte de labyrinthe. Dans le Massif central.

Hartog le regarda comme s'il était fou.

TRENTE-CINQ

Le jour baissait. Dédé posa *Play-Boy* et passa dans la cuisine de la villa. Hartog ne faisait pas mine de vouloir sortir. Le chauffeur allait de nouveau devoir se coltiner le dîner. Il ouvrit en maugréant les placards blancs, le gigantesque réfrigérateur. Les réserves baissaient. Cela faisait plus de dix jours que Hartog ne bougeait guère de son transat que pour manger sur un coin de table les œufs ou la grillade que Dédé lui concoctait sans art.

Cette fois-ci, Dédé choisit une boîte de cassoulet en conserve. Il ouvrit un tiroir et chercha l'ouvre-boîtes. A ce moment, il entendit des éclats de voix de l'autre côté du mur. La maison était solidement construite, insonore, Dédé ne distingua rien des paroles qui s'échangeaient. Mais ce ne pouvait pas être la télé — l'appareil fixe était installé à l'autre bout de la villa, et le portatif était en panne.

Le chauffeur décrocha le téléphone intérieur et appela le salon d'un coup de pouce. A l'autre bout du fil, on ne répondit pas tout de suite.

— Qu'est-ce que c'est ? demanda enfin la voix de Hartog.

— J'ai entendu des voix, Monsieur. Je me demandais...

Dédé hésita. A l'autre bout, Hartog hésitait aussi. Le chauffeur entendit siffler la respiration de son patron.

— Je suis avec quelqu'un, dit Hartog. Conversation d'affaires. Il est venu par la plage. Je ne veux pas être dérangé. Discrétion, mon petit André, discrétion.

— Bien, Monsieur.

— Une seconde... André, vous allez faire un saut en ville et acheter un poulet ou un lapin. Vivant, je vous prie. Appelez-moi sur l'interphone dès votre retour.

— Bien, Monsieur.

— Ce sera tout. Dépêchez-vous.

— Bien, Monsieur.

Dédé raccrocha. Hartog était branque. Un lapin vivant ! Le chauffeur retourna dans le hall, prit les clés de la Fiat au crochet et sortit. Il boucla la porte d'entrée derrière lui. Discrétion, discrétion...

Dans le salon, Hartog avait raccroché un peu avant son domestique. Il se tenait debout, les épaules appuyées au mur, près du téléphone. Thompson était assis en face de lui dans un fauteuil, le dos voûté, ses mains pendant entre ses cuisses.

— Et ça vous est revenu quand, cette histoire de photo ?

— Avant-hier, dit le tueur. Voyez-vous, je ne cessais pas de tout passer en revue. Je cherchais un détail qui puisse me remettre sur la voie. Je ne sais pas pourquoi je n'ai pas pensé à la photo plus tôt. Mais ce n'était pas comme une adresse... Ce n'est pas une chose qu'on se rappelle automatiquement. Et je ne l'avais vue qu'une fois. Et j'étais en colère, quand je l'avais vue.

— Ensuite ?

— Au dos de la photo, il y avait écrit, « Massif central ». C'est grand. Je ne pouvais pas me mettre à chercher. J'étais très faible. J'ai pensé que vous, un architecte, vous sauriez. C'est une construction qu'on n'oublie pas.

— Non, dit Hartog. En effet.

Le rousseau avait repris contenance.

— Vous allez me dire où cela se trouve, n'est-ce pas ? fit le tueur.

— Je ne sais pas, dit Hartog. Vous n'avez plus l'air bon à grand-chose.

Thompson se leva. Ses doigts aux ongles longs et sales égratignaient nerveusement sa barbe emmêlée.

— Je ne suis plus bon qu'à les tuer, elle et le gosse, dit-il. Si je ne les tue pas, j'en crèverai.

— Vous avez simplement besoin d'une bonne psychanalyse. Vous avez un ulcère psychosomatique. Ecoutez, je vais vous donner de l'argent pour disparaître. Allez où vous voulez, pourvu que ce soit très loin.

Thompson secoua la tête. Hartog se détacha du mur et arpenta la moquette gris-bleu, les mains derrière le dos, le menton rentré dans la poitrine, l'air de réfléchir.

— Je vous tiens, dit Thompson. Je n'en profite pas. Je veux simplement terminer mon travail. J'ai besoin d'un renseignement pour cela.

— La fille n'est peut-être pas du tout allée là-bas, dit Hartog d'une voix pateline. Si elle y est allée, elle n'y est peut-être plus.

Il passa derrière une sorte de bureau, ouvrit vivement un tiroir et, au moment d'y prendre l'Arminius pour abattre Thompson, il reçut un cendrier de cristal au creux de l'estomac, comme un coup de pied de mule. Hartog se plia en deux et tomba. Il s'accrocha au tiroir qui se renversa. L'Arminius se trouva sur la moquette, à trente centimètres de sa main. Recroquevillé par la douleur, le rousseau roula sur lui-même pour saisir le petit revolver, mais Thompson donna un coup de pied dans l'arme et l'envoya glisser le long du mur, à trois ou quatre mètres de là.

— Soyez raisonnable, Hartog, dit le tueur qui ne semblait absolument pas en colère.

Il se pencha sur le rousseau, l'aida à s'asseoir et à se décrisper, lui massa l'estomac d'une main experte. La douleur cessait d'être insupportable. Hartog soupira.

— Vous avez gardé vos réflexes, observa-t-il.

— Vous voyez que l'on peut compter sur moi, dit le tueur.

Hartog se leva doucement, il regardait le sol, son sourire était égaré.

— Soit, murmura-t-il. Mais je vais avec vous. Il y a un homme, là-haut, un homme... Ah ! ne m'interrompez pas.

Thompson s'appuya au bureau.

— L'ordure, murmura Hartog. Je sais ce qu'il a dit à la fille. Je sais ce qu'il croit. Je suis un assassin, hein ? Je fais tuer les petits enfants. Pour l'argent, rien que pour l'argent. Ce n'est pas vrai,

Thompson. Je crée de la beauté. Je vous l'ai déjà dit.

Le rousseau frissonna.

— Il est là-haut avec la fille et le môme, et ils ne vont pas à la police pour me dénoncer parce qu'ils m'attendent. Ils veulent ma peau, Thompson. Je le sais.

— Vous le savez ?

Hartog hocha la tête.

— Il faudra les tuer tous les trois, dit-il. Le môme, la fille, l'homme.

— Ça fera vingt mille francs de plus, observa Thompson.

— Oui, oui, dit Hartog. Je veux bien.

TRENTE-SIX

Quand Hartog et Thompson se furent mis d'accord, le tueur se lava, se rasa, se peigna et enfila des vêtements propres. Hartog gardait dans ses penderies des habits de taille courante, indépendamment des siens, au cas où il aurait eu à dépanner quelque invité. Thompson se trouva pourvu d'un pantalon blanc, d'un tricot de marin d'opérette et d'un blazer bleu. Il avait conservé une moustache fournie et une barbiche. Il avait l'air d'un réserviste de la Royal Navy — un réserviste insomniaque : il avait des poches sous les yeux, les joues creuses, la peau sèche.

Le chauffeur Dédé revint à la nuit tombée et appela Hartog par le téléphone intérieur. Le rousseau sortit de son antre pour venir chercher la poule rousse que son chauffeur s'était procuré, puis il emporta l'animal au salon. Thompson prit la poule et s'enferma dans la salle de bains. Hartog ne chercha pas à le surveiller. Le tueur l'avait informé de ses problèmes. Hartog ne voulait pas voir ça.

Quant Thompson revint, il n'y avait pas une

seule goutte de sang sur son visage ni sur ses vêtements. Quant aux plumes de la poule et à sa carcasse, le broyeur à ordures les avait avalées.

Quant à Hartog, imaginer la chose lui avait coupé l'appétit pour un bon moment. En compagnie de Thompson, il étudia les cartes du sud-ouest de la France. Le tueur et le rousseau se trouvaient à peu de distance de la frontière espagnole. Ils déterminèrent la route qu'ils devaient suivre pour rejoindre la Tour Maure, et le temps qu'il leur faudrait. Ils voulaient, d'un commun accord, intervenir à l'aurore. Hartog prévint Dédé qu'il prenait la Fiat et qu'il s'absentait jusqu'au lendemain soir. Vers vingt-deux heures, le rousseau et le tueur passèrent directement dans le garage, puis se mirent en route.

Cependant, dans le labyrinthe, Julie dormait sans inquiétude.

TRENTE-SEPT

Elle se dressa sur son séant. Un bruit l'avait réveillée, mais c'était peut-être un bruit rêvé.

Elle vit une lumière blanche derrière les rideaux. Sa montre indiquait cinq heures trente. L'aube. Julie n'avait aucune envie de se lever à l'aube. Elle posa de nouveau sa tête brune sur l'oreiller sans taie. De nouveau un bruit menu dans le couloir, comme le bruit d'une grosse souris. Julie quitta son lit et enfila son short. Elle franchit le seuil de sa chambre. Dans la pénombre bleue du couloir, Peter, son arc sous le bras, ramassait les flèches qu'il avait fait tomber.

— Veux-tu aller te recoucher !

— Plus sommeil !

— Il est beaucoup trop tôt pour se lever.

— C'est le dernier jour, observa l'enfant. On va rentrer et où est-ce que je tirerai à l'arc ?

Julie se démêla les cheveux avec les doigts.

— Oh ! zut, soupira-t-elle. Je vais faire du café, après tout.

— Pendant ce temps-là, cria Peter en s'élançant dans le couloir, je vais tirer à l'arc ! Je reviendrai quand le café sera prêt !

Il courait.

— Peter !

Il disparut.

— Ah ! la barbe, dit Julie.

Elle rentra dans sa chambre et s'assit sur son lit, mais elle n'avait plus envie de se recoucher. Elle ouvrit les rideaux. Le ciel était couleur de lait, la végétation trempée de rosée. Julie se dit que Peter allait attraper la crève. Ah ! la barbe. La jeune fille ressortit de la chambre, longea le couloir, sortit sur une terrasse intérieure au milieu de laquelle coulait un ruisseau. Elle se brossa les dents, se débarbouilla, puis passa dans une cuisine hexagonale où elle mit une cafetière sur le réchaud à butane. Les deux fenêtres de la cuisine avaient des vitres qui se colorèrent en jaune comme le café commençait à passer.

Quand le café eut entièrement passé, Julie ouvrit une des fenêtres de la cuisine et chercha Peter du regard pour l'appeler, mais elle ne put l'apercevoir sur le plateau. L'enfant en avait franchi le rebord. En contrebas, dans une combe boisée, passait une piste argileuse. La Fiat y était embourbée, que Thompson et Hartog essayaient vainement de dégager. Les deux hommes étaient de fort mauvaise humeur. Ils étaient en retard sur leur horaire. Durant les deux dernières heures, ils s'étaient fourvoyés dans plusieurs pistes sommaires, à peine carrossables, qui jamais ne les avaient menés où ils voulaient.

A travers les branches des sapins, Peter distinguait mal le véhicule et les deux hommes. Convaincu qu'il s'agissait d'une diligence en difficulté, il prit garde de s'en approcher sans bruit, en se dissimulant, prêt à décocher une flèche aux Visages Pâles.

Julie se versa un bol de café, y trempa les lèvres et se brûla. Elle reposa le récipient et quitta la cuisine. Elle faillit se perdre dans le labyrinthe de corridors et de pièces. Elle franchit le seuil de la chambre de Fuentès. L'architecte raté gisait sur le dos sur son lit, en short kaki. Une bonne moitié de sa chambre était occupée par des bouteilles à bière vides. Il avait de la bière séchée sur la poitrine. Les poils de son thorax en étaient gluants. Il ronflait. Julie le contempla avec commisération et regret. Elle déplorait qu'il ne fût pas un beau jeune homme et qu'il n'eût pas tenté de la posséder. Elle se serait débattue, elle l'aurait griffé au visage, et de toute façon les hommes ne lui faisaient aucun effet, mais tout de même, elle déplorait.

Elle était en train de déplorer quand elle entendit le premier coup de feu.

— Au diable ! avait dit Thompson. Au diable la voiture. Nous ne sommes qu'à quelques kilomètres, au grand maximum, de cette espèce de labyrinthe. Marchons.

— Il faudra nous en aller assez vite, quand la chose sera faite, avait répliqué Hartog. Nous avons besoin de l'auto.

Avec une grande énergie, nerveusement, il brisait des branches de sapin et les glissait sous les roues de la Fiat. Thompson haussa les épaules, sortit de la voiture son sac de marin en toile, en tira la mallette qui contenait son arme. Il l'ouvrit sur la banquette arrière et assembla soigneusement la carabine. Le magasin était plein. Sa carabine à la main, Thompson se retourna en souriant. A ce moment, il aperçut entre les branches, au ras du sol, à cinquante mètres de lui, le visage de Peter. Le tueur frémit. Une hémorragie se déclara dans son estomac. Simultanément, il épaulait et pressait la détente. Le soleil levant faisait allègrement évaporer la rosée, provoquant une légère distorsion de la lumière. Au lieu d'arriver exactement au milieu du visage de l'enfant, la balle lui arracha une oreille.

TRENTE-HUIT

Julie sursauta, pivota de trois cent soixante degrés. Moins d'une seconde après la détonation, elle n'était plus certaine qu'il s'agissait d'un coup de feu. Elle se précipita à la fenêtre, scruta le plateau qui s'ensoleillait, parsemé de fleurs roses et jaunes à la haute tige. Peter était invisible.

— Réveillez-vous ! cria la jeune fille, sans se retourner, à l'architecte endormi.

Peter remontait la pente en courant de toutes ses forces, serrant passionnément contre lui son arc et ses flèches. L'idée de hurler ne lui venait pas, car il était choqué et terrifié au plus haut point. Le sang pissait de son oreille arrachée. Thompson vida son chargeur sur lui, et les balles ricochèrent un peu partout dans les branches, projetant en tous sens des aiguilles de sapin, des débris de bois, des gouttelettes de rosée, de sève. Rien ne toucha Peter. Le tueur tirait comme un manche, plié en deux qu'il était par la douleur, et hoquetant, et il vomit un jet de sang mousseux mêlé de bile, sur sa carabine.

— Bougre de con ! vociféra Hartog.

Thompson ne l'entendit même pas. Le tueur plongea droit au travers des branches. Les aiguilles de sapin lui fouettèrent, lui égratignèrent le visage. Sa bave visqueuse et rose restait accrochée derrière lui, en longs filaments répugnants. Le soleil levant faisait scintiller le mucus. Thompson escaladait la pente comme un dératé. Il ralentit un peu comme son percuteur claquait à vide. Il grimaça, fouilla dans ses poches sans cesser de se déplacer, se colla une poignée de cartouches entre les dents. Il dégagea le magasin de la carabine et le regarnit avec dextérité, montant toujours. Il y avait de la bile et du sang sur les douilles qu'il insérait dans le chargeur.

Julie secouait violemment Fuentès.

— Ah ! Foutez-moi la paix ! grogna l'homme.

— Réveillez-vous, par pitié !

Fuentès se dressa sur son séant.

— C' qui s' passe ?

— Peter ! Ils attaquent !

Fuentès mit la main sur ses yeux et soupira. Julie se secoua de nouveau, proche de la crise de nerfs.

— Où est votre fusil ?

Hartog avait considéré Thompson qui fonçait, puis la voiture embourbée. Il jura entre ses dents, se pencha à l'intérieur de la Fiat, empoigna l'Arminius et fourra dans la poche de sa veste de laine une boîte de cartouches 32 S & W. Il se précipita à la suite de son tueur.

Pendant que Thompson rechargeait sa carabine, Peter franchit trente mètres en terrain découvert et atteignit le rebord du plateau. Il se précipita vers la Tour Maure, distante d'une centaine de mètres, et se mit à crier à pleins poumons. Les larmes jaillirent enfin de ses yeux.

Fuentès ouvrit un placard à la volée. Dans le coin du meuble se trouvait son fusil, appuyé tout droit contre la cloison. Fuentès s'agenouilla et fouilla fébrilement le désordre, au bas du placard. Il y avait des boîtes de conserve, de vieilles revues de peinture et d'architecture, des boîtes en carton de toutes les formes.

— Où ai-je foutu mes cartouches, nom de Dieu ! demanda l'architecte.

Thompson escaladait la pente raide à quatre pattes, secoué par la toux et les nausées, sa carabine sous le bras, l'index bouchant le canon pour empêcher que l'eau y pénètre. Hartog le rejoignit, le dépassa, dérapant dans l'herbe mouillée.

Peter se rapprochait en hurlant de la Tour Maure.

Fuentès trouva la boîte qu'il cherchait, l'ouvrit frénétiquement et son contenu se répandit sur le sol. C'étaient des douilles à peu près cylindriques, avec une base jaune, un corps de carton verdâtre à ramages, des cartouches à chevrotines 4 x 60 C de chez Manufrance. L'homme empoigna son fusil et se mit à le garnir. L'arme contenait quatre coups.

— C'est ça que vous appelez un fusil ! cria Julie en sortant de la pièce et en courant vers la cuisine.

— C'est un fusil, observa Fuentès avec bon sens.

Peter courait vers le labyrinthe. Le côté droit de son visage était couvert de sang. En l'apercevant par la fenêtre, Julie poussa un gémissement. Elle saisit un couteau à découper.

— Venez ! cria-t-elle à Fuentès.

Il entra dans la pièce hexagonale. Il était toujours en short, pieds nus, torse nu, ses cheveux lui tombaient en mèches sur le front, jusqu'aux yeux. Il tenait son fusil d'un air assez hésitant. Il s'approcha de Julie, de la fenêtre, vit Peter qui arrivait en courant et en criant. Hartog et Thompson surgirent au bord du plateau, à une soixantaine de mètres derrière l'enfant.

— C'est Thompson, dit Julie.

— Et c'est Hartog.

— Oui...

Thompson, campé sur ses jambes, épaulait. Fuentès donna un coup dans la vitre avec le canon de son fusil. Le carreau dégringola. Fuentès fit feu. Hartog se jeta à plat ventre. Thompson releva le canon de sa carabine et se mit à courir transversalement.

— Attention, dit Julie, il va sortir de votre champ visuel.

Fuentès ne répondit pas. Il tira une seconde, une troisième fois. Entre chaque coup, il manœuvrait la coulisse de son fusil semi-automatique. Le culot et la douille de carton à demi brûlée giclaient et rebondissaient sur le sol de la cuisine. L'herbe et les fleurs frémirent par deux fois, sur un ou deux mètres carrés, à proximité de

Hartog qui se déplaçait bizarrement, accroupi, fébrile, comme une petite araignée.

— Attention à Thompson ! cria Julie en tirant Fuentès par la manche.

Thompson courait, plié en deux, en faisant des sauts de côté. Quant à Peter, il arrivait droit sur la cuisine.

— Que ce môme se pousse ! cria Fuentès.

Peter glissa et tomba. Fuentès poussa un soupir et pressa la détente du fusil. La silhouette de Hartog sauta en l'air. On aurait dit un acrobate. Un instant, ses pieds furent plus haut que sa tête. Il s'écrasa dans l'herbe grasse et boula. Le coin de la Tour Maure dissimula Thompson aux regards.

— Ha ! fit Fuentès avec satisfaction.

Julie quitta la cuisine en trombe. Fuentès éjecta la douille. Hartog remuait dans l'herbe. Fuentès jeta autour de lui un regard impatient.

— Où sont les cartouches ! s'écria-t-il.

Julie n'était plus là pour lui répondre. Elle surgit en plein air, courant vers Peter qui pleurait et gigotait. Il n'avait pas lâché son arc ni ses flèches. Au moment où la jeune fille atteignit le seuil de la Tour, quelque chose fit brusquement glisser son pied droit. Elle tomba brutalement sur le dos et entendit le coup de départ se répercuter sur la surface du plateau. Elle se releva tout de suite et plongea avec Peter par la porte ouverte. Quelque chose s'enfonça dans le mur de l'entrée avec un bruit de branche qui casse et une autre détonation résonna. Julie constata distraitement que le talon et la semelle de sa chaussure droite avaient été complètement arrachés par le premier coup. La plante de son pied la brûlait. Thompson lui avait tiré dessus de l'extrémité du labyrinthe. Il était parvenu au coin du bâtiment et la jeune fille l'entendit défoncer une fenêtre. Elle regarda l'oreille arrachée de Peter. Le crâne n'était pas atteint.

— Cours, va te cacher ! Vite ! dit-elle en le poussant en avant.

Il fit trois pas et se retourna vers Julie. Il était en larmes. Il lui tendit les bras.

— Va te cacher ! hurla Julie.

Elle réussit à lui faire peur. Il fila dans le couloir. La jeune fille se releva et se mit à courir vers la cuisine.

L'épaule fracassée, Hartog réussit à se mettre debout. Il tenait à présent l'Arminius dans la main gauche. D'une démarche mal assurée, il se dirigea vers un angle mort, à la suite de Thompson.

Le tueur venait de s'engouffrer à l'intérieur de la Tour Maure en défonçant une fenêtre. Il se précipita le long d'un corridor obscur, percuta une porte de l'épaule et fit irruption dans une cour intérieure où coulait un ruisseau. Collé à la paroi, il bondit d'un mur à l'autre, à toute vitesse. Pirouettant sans arrêt, il avait l'air d'une caricature de lui-même. Tous ses réflexes jouaient deux fois plus vite que de coutume. Il franchit comme un toton l'espace à ciel ouvert, passa une porte, se retrouva dans une chambre vide. Il grinçait des dents. Ses yeux roulaient dans leurs orbites. Sa barbiche était gluante. Il bavait.

Julie entra dans la cuisine. Fuentès n'y était plus. Il était retourné au placard. Il rechargeait. Il se redressa, fusil braqué, à l'instant où Thompson surgissait dans l'embrasure de la porte. Fuentès, contre toute logique, fut surpris de voir un visage inconnu. Son doigt hésita sur la détente. Thompson se laissa tomber sur un genou, sous la ligne de feu du fusil, et fracassa d'une balle le tibia de Fuentès. L'architecte tomba sur le sol de terre et cria de douleur.

— Lâchez votre pétoire, commanda Thompson. Dites-moi où sont la fille et le gosse.

Fuentès secoua la tête. Thompson, sans viser, de la hanche, lui expédia une balle dans le coude droit. L'articulation éclata. Fuentès poussa un hurlement. Son fusil tomba près de lui dans la terre molle.

— Ne faites pas le con, dit Thompson.

Avec le pouce gauche, Fuentès pressa la détente du fusil. Les chevrotines partirent au ras du sol, soulevèrent une gerbe de terre et de gravier et arrachèrent le pied de Thompson. Le tueur faillit lâcher sa carabine, la rattrapa d'une main. De l'autre, il se retenait au chambranle de la porte. Par miracle, il ne tomba pas. Eberlué et vacillant, il considéra avec incrédulité son pied complètement écrasé et lacéré. Les os et la chair étaient en bouillie, et il en manquait beaucoup, et le sang jaillissait comme d'un robinet.

— Je ne vous aurais pas fait de mal, affirma Thompson d'un ton triste. C'est seulement le gosse, et puis la fille. Celle-là, il faut que je la tue. Vous ne pouvez pas comprendre.

Convulsé de douleur, Fuentès essayait de manœuvrer de la main gauche la culasse de son fusil. Thompson s'appuya de l'épaule au chambranle et tira une troisième balle, qui passa à travers l'estomac du blessé. Julie apparut à ce moment derrière le tueur et lui enfonça son couteau à découper dans le rein.

TRENTE-NEUF

Hartog avançait en titubant à travers le labyrinthe. Son épaule était engourdie. Sa tête aussi perdait toute sensibilité. La fièvre faisait battre les tempes du rousseau. Au reste, il était presque content. Le paysage lui plaisait. Il traversa une salle aux meubles immenses, emprunta un passage humide et sombre, et probablement souterrain, puis escalada des marches qui le ramenèrent à l'air libre au milieu d'une profusion de plantes, sur un jardin surélevé. De ce point de vue pratique, il observa le dédale de toits, de terrasses et de courettes qui composait la Tour Maure. Il éprouvait de l'envie pour Fuentès, et cela lui rappela qu'il lui fallait tuer. L'Arminius était dans sa main gauche. Hartog s'accroupit entre les fleurs et guetta. Non loin de lui, derrière les murs, on tirait. Il compta quatre coups. Il attendit.

QUARANTE

Thompson se retourna si vite que le manche du couteau échappa à la main de Julie. L'acier de la lame demeura dans le dos du tueur qui vacillait au milieu de la pièce sur son pied unique. La jeune fille restait figée dans l'embrasure, blanche de terreur, la bouche ouverte, mais les dents serrées. Couché sur le dos, Fuentès ne donnait plus signe de vie. Il était couvert de sang.

Thompson eut une grimace étrange et essaya de lever sa carabine, mais il perdit l'équilibre et dut s'appuyer sur son arme comme sur une béquille. Il demeura un instant ainsi plié en deux, la crosse sous l'aisselle, le manche du couteau frémissant dans son dos.

Julie prit la fuite.

Elle courut de toutes ses forces dans le couloir, les lèvres retroussées sur un cri imaginaire.

— Je vais te tuer, salope ! déclara Thompson, puis un flot d'obscénités en anglais s'échappa de sa bouche. Il se redressa. Tous les muscles de son visage se contractaient et se dilataient de façon incohérente. Il oublia son pied arraché. Il brandit sa carabine terreuse et se lança à la poursuite de Julie en marchant sur son moignon.

La jeune fille venait de se ruer dans un escalier. Le temps d'un éclair, Thompson entrevit ses talons, puis ils disparurent. Julie déboucha à l'air libre sur une terrasse. Elle poussa une exclamation angoissée en constatant qu'il n'y avait pas d'issue. Puis elle vit Hartog, surgissant comme un diable d'une boîte, qui apparaissait au milieu des fleurs, sur une autre terrasse. Elle vit qu'il levait la main gauche, et la lueur du coup de feu. Elle ressentit un choc violent (tiens, pensa-t-elle, cette fois, c'est l'autre bras) et elle pirouetta et tomba dans l'escalier. Elle rebondit de marche en marche et cria.

— Oncle Hartog ! s'exclama Peter, sur la terrasse.

Hartog se retourna et vit le môme à dix mètres de lui. Le rousseau tremblait irrépressiblement. Vite, avant de mesurer l'importance que présente la mort des gens qu'on tue soi-même, il leva de nouveau l'Arminius.

En bas, Thompson vit la fille qui lui avait fait tant de mal atterrir au pied de l'escalier. Il épaula, visa au cœur et tira. Le canon de sa carabine étant plein de terre, l'arme fit explosion, et l'explosion arracha les deux mains du tueur et sa mâchoire. Il tomba sur le nez, mort.

— Vieux con, ajouta l'enfant en expédiant une flèche dans la figure de son oncle.

Le projectile, dépourvu d'empennage et mal équilibré, atteignit son but de travers, cingla les yeux de Hartog. Le rousseau, surpris, poussa un jappement nerveux et fit un petit bond en arrière. Le sol manqua sous ses pieds. L'homme bascula sur le dos, puis s'écrasa la tête la première sur le four à céramique, trois mètres plus bas. Sous le choc, la voûte formée de grosses pierres pas très bien reliées par un mortier friable, céda. Hartog et les grosses pierres, pêle-mêle, s'écrasèrent dans les poteries chauffées au rouge et le vernis. La cloison intermédiaire se rompit à son tour et l'ensemble s'écrasa dans les braises. Les cheveux rouges de Hartog prirent feu, et ses habits. Les liquides de son corps bouillonnèrent et se vaporisèrent. Pendant quelques courts instants, le monticule de pierres éboulées s'agita comme une taupinière, puis tout mouvement cessa.

QUARANTE ET UN

Ultérieurement, Fuentès devait subir plusieurs opérations et survivre, et Julie être gardée à vue pendant une semaine, le temps de tirer au clair ses explications confuses. Et tout d'abord, il lui fallut rassembler assez de forces pour accomplir une marche de plusieurs kilomètres avant de rencontrer un berger qui lui porta assistance. Et plus tard, elle devait refaire un séjour en maison de santé avant de se perdre dans le vaste monde. Et elle ne revit jamais Peter ni Fuentès.

Mais auparavant, l'enfant était sur le toit du labyrinthe, contemplant l'amoncellement fumant qui contenait le cadavre carbonisé de son oncle. Il ne comprenait pas bien comment l'oncle s'était retrouvé du côté des bandits, mais comme il avait toujours détesté le rousseau, le problème ne lui paraissait guère important.

Il quitta son poste d'observation, rejoignit l'escalier où avait disparu Julie. Ce faisant, l'enfant accomplit des acrobaties inutiles. Il descendit enfin l'escalier et trouva Julie qui sanglotait.

— T'es pas morte, remarqua-t-il. T'es blessée.

Julie le regarda et le serra contre elle sans cesser de pleurer convulsivement, incapable d'articuler un mot, terrifiée à l'idée que Hartog allait surgir. Peter échappa à son étreinte qui lui donnait chaud, s'avança dans le couloir, contempla avec intérêt les restes hideux de Thompson.

— T'es mort, déclara-t-il.

Il piqua le cadavre avec le bout de son arc afin d'en être sûr. Puis il poursuivit son chemin, à la recherche de Fuentès, mais il s'égara à moitié dans la maison et ne découvrit pas le blessé grave. Il finit par déboucher à l'air libre, du côté de la maison opposé au four à potier. L'air était pur. Il faisait vachement beau. Peter se félicita du retard apporté à son départ par la fusillade. Son oreille était douloureuse quand il y touchait, mais il n'avait pas envie qu'on y mette de l'alcool. Il partit jouer aux Indiens.

DU MÊME AUTEUR

Aux Éditions Gallimard

Dans la collection Carré Noir

NADA, *n° 152*

TROIS HOMMES À ABATTRE (Le petit bleu de la côte Ouest), *n° 368*

L'AFFAIRE N'GUSTRO, *n° 390*

LAISSEZ BRONZER LES CADAVRES *(en collaboration avec J.-P. Bastid), n° 429*

QUE D'OS !, *n° 497*

POLAR (Morgue pleine), *n° 511*

LA POSITION DU TIREUR COUCHÉ, *n° 562*

Dans la collection Folio

FATALE, *roman.*

Impression Bussière à Saint-Amand (Cher),
le 11 février 1987.
Dépôt légal : février 1987.
Numéro d'imprimeur : 308.
ISBN 2-07-037815-2./Imprimé en France.

40014